KB059631

오쓰카 에이지

순문학의 죽음 · 오타쿠 · 스토리텔링을 말하다

오쓰카 에이지

오쓰카 에이지
선정우 지음

순문학의 죽음
오타쿠·스토리텔링을
말하다

북바이북

서문

이 책에 실린 오쓰카 에이지와의 대화는 2012년 12월 1일과 2일, 이틀 동안 약 5시간에 걸쳐 이루어졌다. 당시 오쓰카 씨(이하 경칭 생략)는 2012년 11월 29일~12월 2일에 동국대학교에서 열린 〈메카데미아〉 학회의 국제 컨퍼런스 '일본 아니메, 만화, 미디어 이론'의 기조강연자로 초대를 받고 방한했다. 그 방한 기간 중에 청강문화산업대학에서 만화 컷 연출과 콘티 작법에 관한 특별 강연도 진행했다. 이 만화 특강은 필자가 직접 기획하여 진행했기 때문에 방한 기간 동안 오쓰카 에이지와 동행할 기회가 많았고, 따라서 그 시간을 이용하여 인터뷰를 했으면 좋겠다고 사전에 요청을 해두었던 것이다. 『이야기 체조』, 『스토리 메이커』, 『캐릭터 메이커』, 『이야기의 명제』로 이어지는 그의 스토리 창작 이론과 일본 문학 비평에 대해, 그리고 메카데미아 컨퍼런스의 기조강연 내용과도 연결되는 '일본의 오타쿠론'에 대해 오쓰카 에이지의 의

견을 듣고 싶었기 때문이다. 당초에는 12월 1일의 인터뷰만으로 끝낼 예정이었으나, 그날 나눈 이야기에 대해 추가로 묻고 싶은 내용이 생겨 다음날 혹시 시간이 된다면 일정이 끝난 후 추가 인터뷰가 가능한지 물어보았다. 오쓰카는 12월 2일에도 학회 일정이 있어 무척 바빴지만, 그럼에도 불구하고 호텔 로비에서 밤늦게까지 장시간 대화에 응해주었다.

오쓰카 에이지와 창작자의 프로파간다 문제

'프로파간다propaganda'와 픽션(창작품)의 문제는 필자에게 쭉 관심의 대상이었다. 오쓰카 에이지에게 프로파간다와 관련된 질문을 하고 싶었던 데에는 몇 가지 이유가 있었다. 하지만 그 중에서도 가장 중요한 것은 그의 작품 때문이었다. 그의 작품은 일본에서 '좌파적'이란 평가를 받는데, 여기에서 말하는 좌파적이란 한국에서처럼 '친 사회주의적' 이라거나 '반 기업적'이란 의미는 아니다. 일본에선 천황의 존재에 대해 일본 사회 일반과 다른 이야기를 하거나 일본의 현행 소위 '평화 헌법'에 대해 긍정적인 입장, 또 자위대의 해외 파병에 반대하거나 오키나와, 아이누, 재일 한국인 등에 대해 온정적인 태도를 보이고, 또 정치적으로는 반 자민당적인 입장을 표명하게 되면 그것이 바로 '좌파적'인 것으로 받아들여진다. 그런 의미에선 1990년대 이후 일본에서 오쓰카 에이지가 '좌파적'이라고 여겨진 것은 충분히 그럴 만하다고 생각할 수 있다. 그러나 인터뷰에서 오쓰카 본인이 밝히고 있듯, 실제로 그는 좌파의 정치적 입장에 반드시 전부 동의하고 있지는 않다. 특히 일본 사회 전체가 보다 좌파적이었던 1980년대에 오쓰카 에이지는 우파가 아니냐는 이야기를 듣기도 했다고 하니까.

어쨌든 오쓰카 에이지의 작품들에는 일본이 일으켰던 전쟁에 대해 반성하고 비판하는 발언을 하는 오쓰카의 입장이 반영되어 있다. 그런 점이 일본에서 우파적인 입장의 이들에게 반감을 샀던 것도 분명하다. 하지만 『저팬JAPAN』과 같은 만화를 직접 읽어보면(아쉽게도 국내에선 아직 번역판이 나오지 않았다), 한국이나 미국 등에서 보기에 기분이 좋지 않을 수 있는 내용도 존재한다. 이와 관련된 논쟁이 과거 지브리 애니메이션 〈반딧불의 묘〉를 비롯하여 근래의 미야자키 하야오 작품 〈바람이 분다〉까지 국내에서 자주 일어났기에, 일본의 그런 '좌파적' 작품들이 국내에선 '우익적'으로 받아들여지는 현상에 관해 실제로 그런 내용의 작품을 만들었던 당사자에게 묻고 싶었던 것이다. 그리고 작가 오쓰카 에이지에게서 얻은 대답은, 완벽하게 만족스러운 답변이라고는 할 수 없지만 충분히 납득이 가는 지점이 많았다.

오쓰카 에이지와의 대화에서 언급되는 '프로파간다'는 주로 민족주의적 함의를 품고 있다. 「날조되기 때문에 강인한 '민족의 전통'」(요시다 도루吉田徹, 〈닛케이 비즈니스온라인〉, 2014년 11월 7일자)이라는 기사에는 2014년 9월 스코틀랜드 독립투표와 관련하여, 스코틀랜드 민족주의의 색다른 측면이 언급되어 있다. 우리가 잘 아는 스코틀랜드 전통인

'타르탄 체크 무늬의 남성용 스커트(킬트)를 입고 백파이프를 부는' 모습이 실제로는 전통이 아니라 외부에서 들어온 '페이크fake'였다고 한다(휴 트레버 로퍼Hugh Redwald Trevor-Roper). 하지만 역사를 통해 이 무늬의 복장이 '스코틀랜드 아이덴티티의 상징'이 된 것은 사실이며, 즉 전통은 실제로 존재하는 것이 아니라 항상 재발견되고 생산된다는 것이다. 또 종교나 지역 공동체와 같은 사회적 유대가 약해짐에 따라 내셔널리즘이 이를 대체할 수밖에 없었고, 그 와중에 '국민국가(네이션 스테이트 nation state)'가 정당성을 얻기 위해 전통을 '발명'했다는 것이 홉스봄Eric Hobsbawm의 설명이다.*

요시다 도루의 표현을 빌자면 "내셔널리즘은 페이크이기 때문에 약한 것이 아니다. 오히려 페이크이기 때문에 강하고 끈질기다." 민족주의적인 프로파간다도 페이크이기 때문에 휩쓸리기 쉽고, 창작자 역시 프로파간다를 발신하고 싶은 '유혹'에 빠지는 것이 아닐까. 오쓰카 에이지의 답변은 이 문제에 대해 한가지 생각해볼 필요가 있는 지점을 지적하고 있다.

1990년대 국내에 많은 생겨난 '오타쿠' 세대 다수가 2000년대 이후 20대에 접어들고 30대를 넘어서면서 더 이상 '서브컬처'에 머무르지 않게 되었다. 그들은 과거와 같이 '만화 팬', '애니메이션 팬'으로 있

※ 이 칼럼에 인용된 휴 트레버 로퍼와 에릭 홉스봄의 주장은 『만들어진 전통』(에릭 홉스봄 외 지음, 박지향·장문석 옮김, 휴머니스트, 2004)에 실려 있다.

기보다는 '정치'의 문제에 천착하는 모습을 보였다. 당연하다면 당연한 변화이겠으나, 나는 그 원인에 대한 궁금증을 쭉 품어왔다. 그것이 이처럼 오쓰카 에이지에게 인터뷰를 요청하게 된 근원적 이유가 되었고, 오쓰카 역시도 대화를 마무리 지으며 "『저팬』에 대해 질문을 받은 것은 오늘이 처음이었습니다. (일본에서는) 아무도 그 작품에 대해 다루고 싶어하지 않았거든요"라고 덧붙이면서 열심히 답변해준 이유를 설명해 주었다.

그의 작품인 『저팬』, 『도쿄 미카엘』, 『언러키 영맨』에 대해 일본에서 아무도 다루고 싶어 하지 않았던 원인은 오직 한 가지 '천황'을 다뤘기 때문이라고 오쓰카는 설명했다. 그런 사회적 분위기 속에서라면 〈반딧불의 묘〉도 〈바람이 분다〉도, 혹은 만화 『진격의 거인』이나 애니메이션 〈코드 기어스〉 같은 작품도 나름대로는 충분히 '도전적'인 측면이 있다고 할 수 있을 것 같다. 적어도 '좋은 작품', '나쁜 작품'이라고 흑백 논리를 펼치기보다는 좀 더 다른 측면까지 생각해볼 만한 작품이라는 말이다. (노파심에 언급해두지만, 이 말은 오쓰카 에이지 작품이나 〈반딧불의 묘〉에 대해 '옹호 논리'를 펼치고 있는 것이 아니다.)

'피해자 의식'에 관해

국내의 오타쿠 세대가 서브컬처를 떠나 정치·사회적인 방향으로 옮겨간 이후로도, 나는 처음 잡지에 기고를 시작한 이후 지난 20년간 정치·사회적인 글은 거의 발표하지 않았다. 그래서 스스로를 '비평가', '평론가'로서 자기규정하지 않았던 것이기도 하다. 그런데 오쓰카와의 대담에서는 자연스럽게 그런 발언이 나왔다. 이 책을 계속 읽어보면 그 이유를 이해하겠지만, 오쓰카 에이지란 인물의 흥미로운 관점이 나로 하여금 이런 변화를 일으키게 했다고 할 수 있을지도 모르겠다.

그 '오쓰카 에이지의 흥미로운 관점'의 하나로, 이 책에서 다루어진 것 중 하나가 바로 '피해자 의식을 통한 표현'이란 내용이다. 일본의 소위 '넷우익'들이나 국내 인터넷 유저들 중 일부가 '피해자 의식'을 통해 자신을 표출하고 있는 대표적 사례는 일본의 혐한 시위나 『쿠로코의 농구』 사건(『캐릭터 메이커』 참조), 그리고 한국의 '일간베스트(일베)' 사이트 출신 학생이 일으킨 테러 사건 및 IS에 참가하기 위해 중동으로 건너간 고등학생의 경우다.※

일본의 '재일 특권을 용서하지 않는 모임', 즉 '재특회'는 외국인인 재일 조선인(재일교포)의 '특권'에 대한 비판을 내세운다. 평범한 일본인인 자신들이 특권을 가진 재일교포들과 그 특권을 감싸는 일본의 일부 대기업, 정치인, 매스컴 등으로부터 억압받고 있다고 말한다. 또 일

※ 넷우익 문제에 대해서는 『거리로 나온 넷우익』(야스다 고이치, 후마니타스, 2013년)을, 일베에 대해서는 『일베의 사상』(박가분, 오월의봄, 2013년)을 참조할 만하다. 일베 테러 사건과 IS 고등학생 관련으로는 아래 기사를 참고.
「소년은 왜 폭탄을 던졌나」(《시사인》, 2014년 12월 24일자), 「소년들의 여성 혐오… 소년들은 왜 '페미니즘이 싫다'고 할까」(《경향신문》, 2015년 2월 22일자)

베 회원 테러 역시 소위 '종북 좌파'에게 우리 사회가 휘말리고 있는 데에 대한 반발심으로 일으켰다는 주장이 존재한다. IS 고등학생도 한국 사회가 '페미니스트'에 의해 여성 우위가 되었다고 하지 않았는가. 결국 이 모두는 자신을 '피해자'로 놓는 논법인 것이다. 비단 이런 극단적인 사례만이 아니라, 국내 인터넷 상에는 평범한 이들까지도 어떤 특정한 문제에 대해서는 공격적이고 폭력적인 언어를 사용하거나 극단적인 주장을 아무렇지도 않게 내보이는 사례가 있다. 실제로는 그들이 고민하고 있는 문제의 대부분은 자신들이 비난을 가하고 있는 대상 때문이 아니라 사회나 계급적인 문제, 혹은 정책적인 문제 탓인 경우가 많음에도 불구하고 말이다.

스스로를 '피해자'나 '약자'의 입장에 두다 보면 오히려 마이너리티 minority를 가해자로 몰아붙일 수도 있다. 일본에서 넷우익의 상당수는 오타쿠층인데, 오타쿠에 대한 일본 사회의 부당한 비난, 즉 부모나 사회에서 만화, 애니메이션, 게임 등을 '나쁜 것'으로 보는 시선에 억울함을 느끼면서도 정작 그 자신은 마이너리티 계층에 부당한 비난을 한다. 이런 아이러니에 대해서도 이 책에서 오쓰카는 언급하였다. 또 오쓰카 에이지는 『캐릭터 메이커』 등에서 어떤 폭력이나 사건으로 '자아실현'을 하기보다는 '이야기(스토리)를 만드는 것'을 해결책으로 제시했는데, 실제로 그것이 해결 방법이 될 수 있을지는 모르겠으나 아무튼 개별 사건에 대한 즉각적인 해결책만이 아니라 보다 근원적인 부분을 고민하는 것이 '비평가'의 역할이기도 하지 않나 생각한다. 그런 해결책을 향한 방법론 중 하나로 오쓰카 에이지가 제시한 것이, 특유의 작법론을 통한 '이야기 창작'인 것이다.

이야기론과 자아실현

오쓰카 에이지는 『캐릭터 메이커』 보강과 후기에서 이야기론을 쓰는 의도에 관해, 범죄나 '헤이트 스피치hate speech(인종 · 성 · 종교 차별 등과 관련된 증오 발언)' 대신 이야기 창작을 통해 '자기표현'을 하고 '자아실현'을 하도록 하기 위한 것이라고 밝힌 바 있다. 오쓰카 에이지 자신이 변호단의 일원으로 재판에도 나섰던 1989년의 도쿄 · 사이타마 연속 유녀 유괴 살인사건, 소위 '미야자키 쓰토무 사건' 등에서, 그는 피고인이 미완성이거나 불완전한 '이야기'를 공책이나 컴퓨터에 남겼다는 공통점을 발견했던 것이다. 그들은 '이야기'를 만들면서 자기표현을 하고 싶었지만 '이야기 작법'을 제대로 알지 못했기에 완전한 이야기를 만들지 못했고 그 과정에서 발생한 '불완전 연소'가 범죄에 이르게 된 간접적 원인 중의 하나일 수도 있지 않을까 하는 추정인 것이다.

물론 오쓰카 역시 그들이 완전한 '이야기'를 만들었다면 범죄를 저지르지 않았을 거라고 말하는 것은 아니다. 하지만 그런 범죄에 이르는 극단적인 경우를 제외하더라도 현대인들은 사회 속에서 점점 더 자아실현을 하기 힘든 상황에 놓여 있고, 그런 상황 속에서 '올바른 이야기 작법'을 익히는 것이 어떤 식으로든 도움이 될 것이라는 제안인 것이다. 이야기 작법은 오직 프로 작가 지망생에게만 필요하다고 생각하기 쉽지만, 아이들에게 태권도나 피아노를 가르치고, 성인이 댄스나 꽃꽂이 교실에 다니는 것처럼, 이야기 작법론도 작가가 되려는 생각이 딱히 없는 일반인이 배워도 되고 배울 수 있다는 것이 오쓰카 작법론의 궁극적인 테마인 셈이다.

최근에는 자기표현과 자아실현을 '범죄'로서 표출하는 사건이 각국에서 발생하고 있는데, 일본의 경우 과거의 미야자키 쓰토무 사건, 옴진리교의 지하철 독가스 테러 사건, 그리고 최근에는 만화 『쿠로코의 농구』와 관련하여 만화책을 판매하는 서점이나 작품 이벤트에 대해 테러 예고를 했던 젊은이가 체포된 사건까지 계속해서 사건이 이어지고 있다(자세한 내용은 『캐릭터 메이커』 역자 후기 참조).

문제는 이런 현상이 국내에서도 이미 벌어지고 있다는 것이다. 한국은 특히나 이런 식의 자기표현이나 자아실현을 과거에는 신흥 종교나 유사 역사를 통해 표출하는 경우가 많았는데, 그러다 보니 종교나 역사라는 분야의 특성상 성인들이 물의를 일으키는 일이 많았다. 그런데 근래에 들어 청소년들이 관련된 사건이 늘어나고 있다. 예를 들어 북한을 반대한다는 젊은이가 재미 한국인 저술가에게 사제 폭탄을 던진 테러 사건이나, 고등학생이 이슬람 테러 단체 IS에 참가한 사건 등이 그렇다. 특히 IS에 청소년이 참가하는 현상은 일본과 한국만이 아니라 전 세계적으로 일어나고 있다.

과거와 달리 현대에 와서는 주류의 '평범한 아이들' 사이에 섞이기 힘들어하는 학생들이 '오타쿠'층에 속하게 되는 경향이 강해진 듯도 싶다. 과거에는 오타쿠층에 반드시 그런 이들만 들어온 것은 아니었는데, 시대의 변화에 따라 오타쿠란 단어의 의미도 변화되었다고 할 수 있을지도 모르겠다. 어쨌거나 사제 폭탄 테러를 일으킨 한국의 학생도 일본 애니메이션 팬이었고, 미야자키 쓰토무 사건도 '오타쿠의 범죄'라고 하여 일본에서 큰 물의를 일으켰고, 옴진리교도 〈기동전사 건담〉에 나오는 '뉴타입'이란 개념을 차용했던 것이 매스컴을 통해 크게 보도되었다. 그리고 이런 종류의 자아실현에 관련된 사건을 마치 오타쿠들이 오타쿠들이기 때문에 일으키는 것처럼 보는 사회의 시선이 존재했다. 하지만 이런 사건이 일어난 것은 오타쿠가 오타쿠이기 때문이라기보다는 자연스레 주류 안에 섞이기 힘들어 하는 이들이 오타쿠적인 취미에 빠져들기도 하면서 동시에 범죄나 사건에 관련되기도 한다고 보아야 하지 않을까. 어쨌든 그들에게 다른 방식의 자기표현, 자아실현의 방법을 가르쳐주는 것이 불필요한 일은 아닐 것이다.

오쓰카 에이지는 최근 몇 년 일본 만화의 작법을 세계 많은 나라에서 가르치고 있는데, 프랑스를 비롯한 유럽권에서 일본 만화의 창작법을 배우러 오는 지망생들 중에서는 이민자 가정 출신이 많다는 발견을 했다고 말한 바 있다. IS에 참가하는 유럽인들이 늘고 있는 원인 중 한 가지로, 이민자 가정 출신 청소년들이 유럽 사회에 적응하지 못하고 자기가 '있을 곳'을 찾지 못한 (즉 자기표현 및 자아실현에 실패한) 것으로 보는 분석과도 연결되는 측면이 있지 않은가. 한국 역시 외국인 노동자

유입이나 국제 결혼이 증가하고 있는 것은 주지의 사실이다. 향후에는 통일 문제까지 남아 있다. 계층 간, 세대 간의 갈등에 이어 더 이상 이런 식의 '정체성 문제'가 남의 일이 아니라는 것이다. 이 책에 실린 대담에서 논의했던, '프로파간다를 작품 속에 담으려는 시도'는 어떻게 보면 국민이나 민족이라는 '정체성'을 강화하기 위한 마지막 비장의 카드가 될 수도 있다. 그렇기 때문에 주의 깊게 이루어져야 하는 것이고, 오쓰카 에이지는 그보다는 차라리 작가가 모든 방향의 정치적 입장으로부터 거리를 두는 편이 나을 수 있다는 발언을 한 것이다.

오쓰카 에이지 씨는 "선정우 씨가 이렇게 한국의 구체적인 상황을 말씀해주셨기에 누군가는 이런 이야기를 하지 않으면 안 되겠다는 생각이 들었다"고 말하면서 나의 질문에 적극적으로 대응해주었고, 그런 그의 열정에 응답하기 위해서라도 이 대화 내용을 세상에 발표하고 싶었다. 오쓰카 씨와 오쓰카 에이지의 책을 꾸준히 출간해오고 있는 한국출판마케팅연구소에 감사를 표하고 싶다. 필자로서는 처음 잡지에 기고를 시작했던 1995년 이후 20년 만에, 그리고 첫 단독 저서를 냈던 2002년 이후 13년 만에 내는 책이라 감회가 새롭다. 앞으로 오쓰카 에이지를 비롯하여 일본 비평 문화의 성과물들을 국내에 소개할 수 있는 기회가 이어지기를 바란다.

2015년 4월 선정우

차례

1장

창작하는
오타쿠에서
소비하는
오타쿠로

선정우　한 나라의 문화가 해외로 전파될 때에는 흐름이나 배경이 생략된 채 여러 세대의 작품이 동시에, 혹은 시기를 역행하며 전달되는 경우가 있습니다. 한국의 경우를 예로 들자면, 최신 일본 미스터리 소설이 먼저 나온 다음에 과거 작품인 요코미조 세이시의 '긴다이치 코스케' 시리즈가 나오고, 라이트노벨이라는 장르가 먼저 소개된 다음에 '신본격'을 이은 세이료인 류스이清涼院流水[1]가 나오는 식인데요. 이런 현상은 저도 과거에 일본 만화나 애니메이션을 접하면서 실제로 겪었고, 다양한 장르의 일본 소설이 번역 출판되고 있는 지금도 마찬가지입니다. 물론 일본에서도 젊은 세대가 과거의 작품을 읽을 때에는 이와 비슷한 경험을 하겠지요.

작품을 수입할 때에 원래의 역사와 배경에 맞추지는 않겠으나, 이런 경우 일본 작품인데도 한국에서는 한국의 문맥이 따로 발생하는 일이 일어난다는 것입니다. 이러한 현상에 대해서 어떻게 생각하십니까?

오쓰카 에이지　그런 현상은 오히려 좋은 일일지도 모릅니다. 현재 일본의 젊은층은 라이트노벨만 읽는다고 해도 과언이 아닙니다. 라이트노벨 이외의 다른 장르, 예를 들어 신본격이나 사회파 미스터리를 읽으려고 하지 않는 거죠. 왜냐하면 라이트노벨 장르 안에 머물러도 계속해서 새로운 라이트노벨 작품이 나오기 때문에 굳이 그 장르를 벗어날

---

1 소설가. 대표작으로는 『코즈믹』, 『조커』를 포함한 'JDC 시리즈'가 있다.

이유가 없거든요.

만약 한국에서 비슷한 시기에 미스터리 장르의 여러 작가, 즉 미야베 미유키도 읽으면서 니시오 이신과 마쓰모토 세이초도 읽을 수 있다면, 또 그런 독서 이력을 가진 상태에서 나중에라도 일본 미스터리의 역사에 대해 알게 된다면 그 작품들을 역사 속에서 다시 파악할 수 있지 않을까요? 그런 관점에서 본다면 한꺼번에 다양한 작품들이 유입되는 현상 자체는 나쁜 일이 아니라고 생각합니다. 단, 역사의 흐름 같은 부분을 누군가가 논해줄 수 있다면 말이죠.

선정우　한국에서는 1960년대 말부터 일본 애니메이션이 정식 수입되어 방영되었습니다. 이런 영향으로 60년대 중후반에 태어난 세대는 만화나 애니메이션을 통해 일본 문화를 어느 정도 이해하고 있었다고 할 수 있는데요. 정작 일본의 젊은층은 고전 작품을 파악하지 못하는 경우도 많다는 것을 경험했습니다. 선생님께서도 일본의 라이트노벨 팬이 라이트노벨 장르 형성에 직접적으로 영향을 미친 작품조차 잘 모르는 경우가 많다고 하셨는데, 그와 비슷한 경우가 아닐까요?

오쓰카 에이지　만화 분야도 이제 모에萌え[2] 만화, BL(Boy's Love) 만

2　본래 싹이 튼다는 의미의 일본어. 이후 의미가 바뀌어 오타쿠 문화에서 애니메이션, 만화, 게임 등의 등장인물(캐릭터)에 대해 강한 매력을 느낀다는 속어로 사용되고 있다.

화 등으로 매우 세분화된 상황입니다. 그런 '장르 속 장르'에서만 통용되는 법칙까지 만들어졌을 정도입니다. 라이트노벨에서도 특정 작가만 읽는 등 독자가 매우 좁은 범위 안에 갇히게 되는 경우가 많습니다. 다른 작품은 읽지 않아도 된다는 분위기가 이미 일반화되었다고 할 수 있습니다.

선정우 그렇다면 독자나 팬층이 세분화되고 특정 분야의 마니아라 하더라도 모든 작품을 섭렵하지 못하는 현상이 해소되지 못하는 이유는 무엇일까요?

오쓰카 에이지 어려운 질문이군요. 다만 작은 관심 분야 안에서만 지내는 것은 언젠가는 파탄이 날 수밖에 없으므로 결국 받아들이는 독자 한 사람 한 사람이 성장하길 기다리는 수밖에 없다는 말로 답을 대신하고 싶군요. 히키코모리(은둔형 외톨이)처럼 하나의 장르에만 파묻혀 있는 문화는 언젠가 쇠퇴할 수밖에 없으니까요. 다행히 일본에서는 좀 더 젊은층을 중심으로 다른 방식을 시도하려는 움직임이 있는 것 같습니다. 일본에서도 최근 10년간, 문화가 작은 카테고리 안에 파묻혀 고립되는 상황에 대해 거의 한계에 다다랐다고 느끼는 사람들이 늘고 있습니다.

선정우 저도 확실히 그런 느낌을 받았습니다. 한국에서는 그 과정이 더욱 빨리, 거의 10년 만에 진행된 것 같습니다. 북미권에서는 이보다 더 빨리 일본 서브컬처 붐이 일어났다가 사그라진 것 같고요. 미국의 경우 일본 서브컬처에 대한 매우 마니악한 팬층은 1970~80년대에도 존재했지만, 지금처럼 규모가 커진 것은 1990년대 말(〈포켓 몬스터〉 북미 히트)이라 할 수 있고, 좀 더 일반적으로 생각한다면 2000년대에 접어든 이후(『나루토』 북미 히트)라고 봐야 할 것 같습니다. 그러다가 2010년대에 접어들어 일본 서브컬처 규모가 축소되면서 팬층이 다시 마니악해졌다는 이야기가 들려오고 있습니다. 한국보다 늦게 시작됐음에도 오히려 더 빨리 그런 현상이 일어난 겁니다. 이런 상황을 봤을 때, 과연 하나의 문화가 고속으로 소비되고 소진되는 흐름이 해소될 수 있을까 하는 의문이 듭니다.

오쓰카 에이지 정말 어려운 문제지요. 하나의 작은 시장 안에 독자 스스로 틀어박힌 채 그 안에서 아주 편하게 서비스를 받고 있는 상황입니다. 특정 라이트노벨에 한번 빠져들면 그 작품과 관련된 상품이 나오고 이벤트가 열리는데, 그럴 때 팬들은 다른 작품을 부정하는 반응을 인터넷에 올리기도 하죠. 그런 식으로 작은 시장 안에 틀어박히는 것을 긍정하는 상황이 연출되고, 그 상태로 장기간 그곳에 머무르는 모습을 보이는 겁니다. 이것이 바로 1980년대 후반 가도카와쇼텐 출판사가 만들어낸 '미디어 믹스media mix'(원 소스 멀티 유즈) 전략이라 할 수 있죠.

이번에 열린 〈메카데미아Mechademia〉³ 컨퍼런스 첫날, 마크 스타인버그Marc Steinberg라는 연구자가 일본의 미디어 믹스 역사에 대해 발표했는데요. 가도카와쇼텐의 설립자 가문에는 가도카와 하루키角川春樹와 가도카와 쓰구히코角川歷彦라는 두 형제가 있습니다. 그중에서 가도카와 하루키는 할리우드형 미디어 전략을 채택했습니다. 광고를 통해 '일본인 전체가 아는 작품'으로 만드는 방식이죠. 영화 〈이누가미 가의 일족〉(1976) 개봉 당시 가도카와 하루키는 텔레비전 광고로 물량 공세를 펴서 '이누가미 가의 일족'이라는 제목을 모든 사람들이 알게끔 만들었습니다. 이들 중 얼마는 영화관에 가고 또 얼마는 원작 책을 사게 한다는 생각이었죠. 아무리 그렇다고 해도 1억 인구 중에 책을 사주는 사람은 기껏해야 100만 명 정도, 1퍼센트밖에 안 됩니다. 효율적이지 못한 방법이죠.

하지만 동생 가도카와 쓰구히코는 그런 물량 공세 대신 계속 책을 사주는 10만 명의 독자, 말하자면 마니아나 오타쿠라고 불리는 사람들을 타깃으로 전략을 펼쳤습니다. 일본의 만화 전문점을 중심으로 책을

---

3 미국 미네소타대학 출판국이 발행하는 애니메이션, 만화, 게임 등 일본의 팝 문화 전반을 다루는 국제적 학술잡지이다. 이 잡지를 발행하면서 매년 국제 컨퍼런스를 열고 있는데, 2012년 동국대학교에서 개최된 제3회 메카데미아 컨퍼런스에서 오쓰카 에이지는 '우화 기능부전의 시대'라는 제목으로 기조강연을 했다. 오쓰카는 일본의 서브컬처가 「철완 아톰」(1952), 〈고질라〉(1954), 「맨발의 겐」(1972~1985), 〈바람 계곡의 나우시카〉(1984) 등 핵을 둘러싼 '우화'를 그려왔는데도 어째서 2011년의 3.11 동일본대지진으로 인한 원전사고가 일어났는지, 일본의 서브컬처가 역사적 교훈을 진지하게 논하면서도 그것이 왜 일본 사회에 교훈으로 전달되지 못했는지에 대해 이야기했다.

알리는 데 집중했던 거죠. 그런 마니아형 독자는 한 권에 500엔 하는 저가의 문고본이 아니라, 권당 1,200엔이나 하는 고가 단행본의 10만 부 시장을 만듭니다.

예를 들어 『로도스도 전기』[4]는 불과 50만 부밖에 나가지 않았지만, 그 50만 명은 『로도스도 전기』는 물론, 리플레이 책 및 애니메이션이나 관련 상품까지 사줍니다. 시장 규모로 보면 전체의 몇십 분의 1밖에 안 되더라도 보다 마니악한 팬층을 형성한다는 거죠. 즉, 가도카와 쓰구히코는 팬층을 시장 안에 가두는 미디어 전략을 취했습니다. 하지만 그런 마케팅 방식을 취하면 독자들이 원하는 작품을 원하는 타이밍에 바로 바로 내줘야 한다는 문제가 발생합니다. 그로 인해 독자는 점점 수동적으로 될 수밖에 없는 거고요.

오타쿠 문화 크리에이터에서 유저로

오쓰카 에이지 과거 일본에서는 오타쿠라는 계층이 어떤 의미로는 긍정적인 존재였습니다. 단순히 제가 나이가 들어서 옛날이야기를 하는 것이 아니라, 가이낙스GAINAX(애니메이션 제작사)를 만들었던 멤버, 오

---

4 애니메이션으로도 유명한 판타지 소설. 국내에서는 1995년에 『마계마인전』이라는 제목으로 번역 출간되었고, 2012년에 『로도스도 전기』라는 제목으로 재출간되었다.

카다 도시오岡田斗司夫[5]나 안노 히데아키庵野秀明[6]는 아마추어 시절부터 특촬[7] 단편 작품을 만들었습니다. 자신들이 보고 싶은 작품이 세상에 나오지 않았기 때문에 직접 만들고자 했던 거죠. 가이요도의 개러지 키트[8]도 마찬가지입니다. 괴수 모형이 있었으면 좋겠는데 없으니까 직접 만들자는 생각이었죠.

저도 만화잡지 편집을 맡던 시절 같은 경험을 했습니다. 제가 등단시키고 싶었던 만화가는 주류 잡지에서 기용하지 않았는데, 그렇다면 내가 만드는 잡지에라도 등장시켜야겠다고 생각한 것이죠. 그런 식으로 자기들이 원하는 것을 직접 만드는 것이 오타쿠의 방식이었습니다.

그런데 요즘 젊은 세대는 "이런 거 갖고 싶지?"라는 말을 들으면서 항상 받는 입장에 머물러 있습니다. 오타쿠가 '유저화'된 것이죠. 과거에는 오타쿠가 '크리에이터'였는데 지금은 '유저'가 된 것이 치명적인 문제라고 생각합니다. 그렇기 때문에 유저화된 오타쿠 중에서 새로운 세대의 크리에이터가 나오지 않고 있는 거죠. 유저 입장에만 머무르기 때문에, 하나의 작품을 다 소비하고 나면 또 다른 작품으로 이동해서 그 타이틀을 소비하는 행위를 반복하는 것입니다.

---

5 가이낙스의 창립 초기 사장이자, 애니메이션 〈왕립우주군-오네아미스의 날개〉, 〈톱을 노려라!-건버스터〉의 기획을 담당했다.
6 〈신세기 에반게리온〉의 감독.
7 특수촬영의 약자로 SFX(Special Effects) 기술이 다용되는 영화나 TV 드라마를 일컫는 일본의 용어다.
8 일종의 완구로, 비싸고 마니악한 정밀 모형을 반 완성품 상태로 출시하는 제품이다. 가이요도는 그런 모형 제품에 있어서 기술력을 인정받는 일본 유수의 업체이다.

선정우 한국 역시 1990년대 이후 젊은 세대들의 문화 소비 현상을 보면 비슷한 점을 볼 수 있습니다. 1980년대나 1990년대에는 자신들이 원하는 작품이나 문화가 없다 보니 직접 만들자는 움직임이 있었습니다. 만화 분야를 예로 들자면 순정만화 잡지 창간이나 동인지 문화 형성, 애니메이션 잡지의 탄생, PC와 인터넷 문화의 발전 등이죠. 음악 분야 역시 댄스뮤직이나 힙합 등 다양한 장르가 쏟아져 나왔습니다. 하지만 2000년대에 접어들면서 그런 취미의 문화가 끊임없이 다양화, 세분화되어 더 이상 새로운 것이 없는 상태에 이르게 되었고, 그 후 세대는 선생님 말씀대로 수동적인 유저가 될 수밖에 없는 상태에 놓인 건 아닌가 싶습니다.

얼마 전 〈열풍〉[9] 칼럼에서도 언급하셨듯, 과거에는 여러 분야의 오타쿠, 마니아들이 한자리에 모이는 일이 가능했습니다. 그렇게 되면 특정 분야의 오타쿠가 다른 분야의 정보를 쉽게 접할 수 있게 됩니다. 애니메이션 분야의 오타쿠가 만화나 영화, 문학, 음악 등에 대해서도 알 수 있었던 거죠. 저는 1990년대에 PC통신 동호회 활동을 했었는데요. 그 당시 만화, 애니메이션 동호회에서 활동하는 사람들을 보면, 만화나 애니메이션 팬뿐 아니라 다른 장르에 관심을 가진 사람도 함께 섞여 있었거든요. 그중에는 나중에 게임이나 일러스트레이션처럼 만화나

---

9 애니메이션 회사 스튜디오 지브리가 매월 발간하는 소책자 형태의 잡지이다. 오쓰카 에이지는 2012년 〈열풍〉에 과거의 오타쿠 문화를 돌아보는 칼럼을 연재했다.

애니메이션과 어느 정도 연관 있는 분야에 종사하게 된 사람도 있었고, 연예인이나 특정 전문 분야에 종사하게 된 사람도 있었습니다. 오타쿠들 중에서 크리에이터가 배출되었던 것이죠. 하지만 한국도 더 이상 그때처럼 다양한 분야의 사람들이 한군데에 모일 수 있는 장소가 존재하지 않습니다. 트위터나 페이스북과 같은 SNS(Social Network Service)는 과거의 커뮤니티와 달리 한곳에 소속되어 있다는 느낌은 아니니까요.

각각의 분야가 세분화되고 전문화된 만큼 다른 분야의 흐름을 좇기 힘들어진 것 같습니다. 자신이 선호하는 분야에서 끊임없이 공급되는 작품을 수동적으로 받아들이기만 해도 되니 말입니다. 마치 물리학의 엔트로피 개념처럼 계속해서 분산될 뿐 통합되거나 횡단하지 못하는 상황에 놓인 것 같다랄까요.

오쓰카 에이지 결국 그것도 역사의 반복인 거겠죠. 저는 일본 만화 역사의 시초를 '다이쇼 아방가르드'[10]로 봅니다. 왜냐하면 다이쇼 아방가르드에서 만화가 다가와 스이호田河水泡[11]가 나오기도 했고, 또 일본 현대미술의 여러 가지 표현이 등장했으니까요. 그런데 그것을 만화의 역사로만 보면 다가와 스이호밖에 보이지 않습니다. 반대로 현대미술 분야로만 보면 역시 현대미술밖에 보이지 않습니다. 분명한 것은 당

---

10 일본 다이쇼 시대의 전위적 미술 운동을 뜻한다.
11 본명은 다자미지와 나카타로. 일본의 초기 만화가로 대표작 「노라쿠로」가 많은 인기를 얻었다.

시에는 그것들이 한 장소에 함께 존재하고 있었다는 거죠. 그런 혼돈스러운 상태에서 어느 순간 각각 새로운 장르로 분화되었기 때문에 이제 와서 보면 서로 다른 것처럼 보이는 겁니다.

2차대전이 끝난 후의 상황도 비슷했습니다. 전쟁 중에 또 다른 아방가르드 문화를 접하고 그 열기에 젖었던 청년들로는 미시마 유키오三島由紀夫, 데즈카 오사무手塚治虫, 아베 고보安部公房[12], 고마쓰 사쿄小松左京 등이 있습니다. 그 후에 고마쓰 사쿄는 SF 작가가 되었고, 아베 고보는 문학, 데즈카 오사무는 만화 쪽으로 나뉘었던 거죠. 하지만 그들은 같은 시대에 같은 것을 흡수하고 같은 장소에 있었습니다. 실제로 간사이 지방에 모더니즘이 존재했는데 간사이 모더니즘의 강한 영향 아래 이런 그룹이 나온 것입니다. 그중에는 미즈키 시게루水木しげる[13]도 있고요. 하지만 지금은 그들을 전부 다르게 보지 않습니까?

저만 해도 지금은 만화 스토리 작가를 하면서 별도로 비평 일도 하고 있는데, 저와 함께 같은 장소에 있었던 이들 중에는 애니메이션 감독 안노 히데아키, 킹레코드의 오쓰키 도시미치大月俊倫[14] 프로듀서, 특

---

12 일본의 소설가, 연극 연출가. 대표작은 요미우리 문학상 수상작으로 세계 30개국에 번역된 『모래의 여자』를 비롯해 『타인의 얼굴』, 『상자남』, 『밀회』 등이 있다. 1968년 프랑스 최우수 외국 문학상을 수상했고, 만년에 노벨문학상 후보로도 거론됐던 일본을 대표하는 세계적 작가다.

13 일본의 만화가. 1922년 생으로 『게게게의 키타로』 등 요괴 만화를 통해 국민 만화가가 되었다.

14 일본의 레코드회사 킹레코드 전무이사. 대학 재학 중에 애니메이션 잡지 아르바이트 편집자로 일하며 경력을 시작했다. 킹레코드에서 특촬, 애니메이션, 만화의 각종 CD를 기획했고, 1990년대 여성 성우를 프로듀스하여 일본에 성우 붐을 일으켰다. 〈신세기 에반게리온〉의 프로듀서를 맡아 '히트 메이커'로 유명세를 떨쳤다.

촬 드라마 각본가 이케다 겐쇼池田憲章[15] 등이 있습니다. 게임 회사 스퀘어에닉스SqureEnix의 사장이 된 사람도 있고요. 다들 초기에는 만화, 게임, 애니메이션 등으로 분야가 나뉘어 있지 않았다는 것입니다.

선정우　그렇다면 앞으로는 어떨까요? 계속해서 지금보다 문화가 더 세분화될까요, 아니면 또 다른 변화가 올까요?

오쓰카 에이지　글쎄요. 한 장르에서 또다시 장르별로 세분화가 이뤄질 수도 있고, 장르 자체가 노화되거나 아예 끝날 수도 있죠. 아니면 거기에서 또 다른 세대가 핵분열되어 시작될 수도 있겠지요. 경우에 따라 다르므로 단언하긴 힘듭니다. 다만 1980년대에 생긴 '창작하는 오타쿠'에서 2000년대의 '소비하는 오타쿠'로의 변화로 인해 오타쿠적인 문화 자체는 일단 종언을 맞이하고 있지 않나 싶습니다. 이후 인터넷이나 그 주변에서 뭔가 새로운 것이 만들어지느냐에 달려 있겠죠. 다만 저는 우리가 모르는 어느 장소에서 생겨나고 있을 거라고 믿고 싶습니다. 물론 그것이 인터넷이 아닐 수도 있고요. 아직은 알 수 없습니다. 또 그 무엇이 생겨나는 곳이 일본이 아닐지도 모르고요.

15　일본의 프리랜서 필자, 편집자, 프로듀서. 일본추리작가협회 및 일본SF작가클럽 소속. 일본 최초의 괴수 영화 연구 동인집단 참가자였고, 일본의 애니메이션, 특촬, SF잡지에 많이 기고했다. 1986년 성운상 논픽션 부문 수상. 1990년대 가도카와쇼텐에서 계약 프로듀서로서 애니메이션 제작을 담당했다. 편저 『기동전사 Z 건담 핸드북』 등.

2장

문화는
국경을
넘는다

선정우　한국이나 다른 나라에 출판되고 있는 일본 문학을 꼽자면 아무래도 소설이 많습니다. 순문학도 어느 정도 번역되고는 있지만, 주로 미스터리나 SF, 라이트노벨 등 소위 '장르문학'이 많이 번역되고 있는데요. 한국에 일본 문학이 수입된 과정을 1990년대 이후로 초점을 맞춰보면, 무라카미 하루키가 히트한 다음 아쿠타가와 상 등 문학상 수상작이 번역되었고, 그 이후 에쿠니 가오리江國香織, 온다 리쿠恩田陸, 요시모토 바나나吉本ばなな 등 여성 작가의 작품이 많이 나왔던 시기를 거쳐 2000년대에는 여러 장르로 확대되었다고 볼 수 있습니다. 일본 문학 중에서도 이런 장르문학이 해외에 소개된 이유는 뭐라고 보십니까?

오쓰카 에이지　요시모토 바나나, 에쿠니 가오리와 같은 여성 작가는 일본 문학사 안에서도 '소녀만화'의 영향을 강하게 받은 것으로 평가되고 있습니다. 1970년대 초 일본에서는 하기오 모토萩尾望都, 오시마 유미코大島弓子 등 소위 '24년조'[1]라 불리는 만화가들이 등장했습니다. 그러면서 이전까지와는 달리 좀더 문학적인 취향의 작품이 등장하는데, 그런 소녀만화가 당시 문학소녀, 즉 도서관에서 책을 읽는 소녀 계층의 압도적인 지지를 받았습니다. 1970년대에는 소녀만화가 10대

1　1949년 전후로 출생한 세대의 소녀만화가 일군을 지칭하는 명칭이다.

여자아이들에게 '문학'의 역할을 했던 거죠. 그 당시 10대 문학소녀로서 소녀만화를 경험했던 이들이 바로 야마다 에이미山田詠美(1985년 데뷔),[2] 에쿠니 가오리(1985년 데뷔), 요시모토 바나나(1987년 데뷔), 온다리쿠(1991년 데뷔) 등 1980년대 이후에 등장한 여성 작가들입니다.

저는 한국 사정에 대해서는 잘 모르지만, 제가 볼 때는 일본의 주부들이 빠져들었던 〈겨울 연가〉와 같은 한국 드라마의 캐릭터 이미지나 스토리 구성은 1970년대 일본 소녀만화와 상당히 비슷한 감각으로 만들어진 것 같습니다. 실제로 직접적인 영향이 있었는지는 잘 모르겠지만요. 어쨌든 과거의 소녀만화에 영향을 받은 일본 여성 작가의 문학 작품이 다른 일본 소설보다 먼저 한국에 받아들여졌다고 한다면, 그것은 한국에 일본의 소녀만화와 비슷한 감각의 대중매체 기반이 있었기 때문이 아닐까요.

선정우 일본에는 순문학으로 상징되는 소위 '문단' 바깥에도 여러 종류의 소설이 존재합니다. '코발트문고'[3]로 대표되는 소녀소설의 경우도 그에 해당될 텐데요. 소녀소설과 별개로 소녀만화로부터 영향을 받은 문학이 따로 존재하는 이유는 무엇인가요?

---

2 만화가 출신 소설가. 대학 재학 중에 에로틱 극화 계열 만화가로 활동하다가 1985년 『베드 타임 아이즈』라는 소설로 데뷔하여 아쿠타가와상 후보가 되었다. 1987년에 『소울 뮤직 러버즈 온리』로 나오키상을 수상했다.
3 1976년부터 출판사 슈에이샤에서 발행하고 있는 소녀 대상의 소설 레이블.

오쓰카 에이지 그건 단지 데뷔한 매체가 순문학 잡지면 순문학이 되는 것이고, 소녀소설 매체면 소녀소설이 되는 것뿐입니다. 예를 들어 요시모토 바나나는 순문학 잡지를 통해 데뷔했기 때문에 처음부터 순문학 분야에서 시작했지만, 오노 후유미小野不由美 같은 경우에는 데뷔 초기 소녀소설 브랜드의 호러소설을 쓰던 작가였죠. 온다 리쿠는 주브나일(청소년 소설) 분야에서 시작했고요. 구미 사오리久美沙織⁴는 코발트문고 출신입니다. 데뷔 매체가 달랐던 것뿐이지 세대나 작품을 둘러싼 상황은 비슷했다고 봐야 할 것입니다. 1980년대에는 소녀만화에서 강한 영향을 받은 작가가 문학과 엔터테인먼트 분야에서 동시에 등장합니다.

선정우 그런 작품들이 한국에는 1990년대 말부터 2002~2003년경에 주로 번역 출판되었습니다. 이후에는 일본 소설 번역이 점점 늘어나면서 다양한 장르의 작품이 출간되고 있죠. 만화 분야에서도 비슷한 현상이 일어났습니다. 처음에는 일본에서 인기가 높거나 상을 받은 작품 위주로 출간되었지만, 어느 순간 더 이상 낼 작품이 없어지니까 과거의 명작이나 마이너한 장르까지 출판하게 된 것입니다. 그러다가 결국은 일본에서 최신작이 나오자마자 바로 계약해서 낼 수밖에 없는 시

---

4 소설가. 1979년 잡지 〈소설주니어〉(나중에 〈코발트〉로 명칭 변경)에 '야마요시 아이'라는 필명으로 소녀소설을 발표하며 데뷔했다. 그 후 1993년까지 코발트문고에서 소녀 대상의 소설을 다수 발표했다. 현재 SF, 판타지, 호러, 미스터리 등 다방면에서 활동하고 있다.

기가 온 것이죠. 한국에서 일본 만화 출판은 2000년대 초중반에 이미 그런 상황을 겪었습니다. 일본 소설 분야도 만화와 비슷한 상황이 되면서 고전이나 다양한 장르의 작품이 출판되고 있는데, 최근 몇 년간은 일본 미스터리 소설의 번역 출판이 늘어나고 있는 상황입니다.

오쓰카 에이지 어떤 계열의 미스터리인가요? 니시오 이신西尾維新[5] 쪽인가요, 히가시노 게이고東野圭吾 계열인가요?

선정우 둘 다 번역되고 있습니다. 그밖에도 미야베 미유키宮部みゆき를 비롯, 아예 고전으로 가서 요코미조 세이시橫溝正史 등 상당히 넓은 범위에서 번역되고 있습니다. 사회파나 본격 미스터리 등 여러 종류의 미스터리가 짧은 기간에 한꺼번에 소개됐다고나 할까요.

오쓰카 에이지 한국에는 미스터리나 탐정소설이 장르로서 많은 비중을 차지하나요?

선정우 그렇게 대중적이라고 하기 어렵습니다. 과거에 사회파 계열의 추리소설이 어느 정도 나왔던 적은 있지만 미스터리나 탐정소설

---

5 소설가. 1981년생으로 2002년에 데뷔했다. 라이트노벨과 문학의 경계에 해당하는 소설을 발표했으며, 국내에도 『잘린 머리 사이클』(학산문화사), 『괴물 이야기』(파우스트박스) 등 다수의 작품이 번역 출간되었다.

이 한국 문학 안에서 큰 비중을 차지했다고 볼 수는 없습니다.

오쓰카 에이지 일본에서 미스터리는 1920년대 모더니즘의 영향으로 등장한 문학입니다. 일종의 '기계주의'랄까요. 사회나 인간을 게임이나 퍼즐, 시스템으로 바라보는 것입니다. '추리소설'이라는 용어 자체가 퍼즐을 푸는 것 같은 소설이라는 의미잖습니까. 리얼리즘이 사회를 그리거나 혹은 자연주의적으로 '나 자신'을 그리는 것과는 다른, 퍼즐을 푸는 듯한 소설을 '본격 추리소설'이라고 불렀습니다. 그러다가 2차대전 후 그런 퍼즐 풀이 같은 소설에 대한 반동으로 마쓰모토 세이초松本淸張 등의 사회파 미스터리가 등장했던 거죠.

그 후 1980년대에 접어들면서 '신본격'이라는, 말하자면 퍼즐 계열의 소설이 다시 부흥하게 됩니다. 우야마 히데오宇山日出臣라고, 지금은 세상을 떠났지만 장르문학 전문지 〈메피스토〉[6]의 발행인이자 전설적인 편집자가 있는데요. 그가 '신본격'이라는 개념을 처음 만들었습니다. 그는 퍼즐형, 게임형 소설이야말로 미스터리의 본질이라고 했는데, 아마도 거기에는 1980년대를 맞이하면서 컴퓨터 게임이나 정보론 등이 일종의 패러다임이 된 것도 영향이 있지 않을까 싶습니다. 아즈마 히로키東浩紀가 말한 '게임적 리얼리즘'이라고 말할 수도 있습니

---

6 고단샤의 소설 잡지. 1996년 창간되었으며, 신본격 미스터리의 붐을 이끈 잡지이다.

다. 1920년대가 일종의 기호적인 사고방식이 만연하던 시기였기 때문에 추리소설이 등장했다고 볼 수 있는 것처럼, 1980~90년대에는 그와 비슷한 형태로 일종의 정보론적인 세계 인식이 대두하기 시작했습니다. 그런 현상과 신본격의 등장은 연결되어 있다고 볼 수 있지요.

당초에는 저보다(오쓰카 에이지는 1958년생) 한 세대 위의 작가들이 '신본격'을 만들었는데, 그러다가 신본격 장르에서 가장 최신 작가인 세이료인 류스이(1974년생)가 등장했습니다. 세이료인 류스이는 신본격과 라이트노벨 사이를 이어주는 작가라고 할 수 있습니다. '게임과도 같은 소설을 만든다'는 추리소설의 기본을 철저히 지키려는 것이 세이료인 류스이의 특징입니다. 라이트노벨은 그런 신본격을 계승하는 형태로 등장한 장르지요.

정리하자면 본래 본격 추리소설은 1920년대에 탄생하던 당시부터 정보론적인 측면을 가지고 있었는데, 이후 1980년대에 와서 다시 정보론적인 사고방식이 대두했고 그런 시대 상황과 연결되어 본격 추리소설 부흥의 기운이 일어난 것입니다. 실제로 그런 기운을 만들어낸 것이 1960년 이후에 태어난 오타쿠 세대, 혹은 신인류 세대[7]였습니다. 그다음 아즈마 히로키 등의 단카이 주니어 세대[8]를 포함하여 신본격으

7 1961~1970년생. 주로 60년대생을 가리킨다.
8 일본의 제1차 베이비붐 세대인 '단카이 세대'의 자녀에 해당하는 1971~1974년생을 가리킨다. 제2차 베이비붐 세대이다.

로부터 게임적인 소설로의 이행이 일어났다고 할 수 있습니다.

라이트노벨의 기원에는 여러 가지가 있지만 이와 같이 신본격에서 세이료인 류스이를 경유한 흐름, 말하자면 〈메피스토〉에서 〈파우스트〉[9]로 이어지는 맥락이 존재합니다. 또 여기에서 마이조 오타로舞城王太郎, 니시오 이신 등이 등장한 것입니다.

불량 채권으로서의 문학

선정우 한때 일본에서 순문학 관련 논쟁이 있었습니다. 선생님도 그때 문예 잡지와 문단, 문예 비평에 대해 비판을 하셨는데요. 사실 한국에서는 그런 일본의 사정을 알기가 어렵습니다. 만화 분야만 하더라도 작품에 대한 단순한 뉴스는 유입되고 있지만, 일본 만화를 둘러싼 연구나 비평 등은 접하기 어렵습니다. 문학 분야 역시 상황이 크게 다르지 않다고 생각하는데요. 가라타니 고진柄谷行人 정도가 화제를 모았을 뿐, 그 외의 다른 비평서는 극소수만 번역 출판되는 상황입니다. 양도 양이지만 그만큼 관심의 대상이 되지 못했다는 거죠.

---

9 고단샤의 문예 잡지. 편집장 오타 가쓰시가 2003년 비정기 무크지 형태로 창간하여 1인 편집부 체제로 만들었다. 소설을 중심으로 한 잡지이지만 아즈마 히로키 등의 참가로 문예 비평에도 많은 분량을 할애했다. 또 해외 문화에도 관심이 많아 필자 역시 한국 서브컬쳐계에 대한 일본어 칼럼을 기고한 바 있다. 나중에 한국어판, 대만판, 미국판이 출간되기도 했다.

그런 상황이다 보니 한국에는 오쓰카 선생님이 중심에 있었던 '순문학 논쟁'에 관해서도 크게 알려지진 않았습니다. 논쟁의 결과로 탄생한 '문학 프리마'[10] 등에 관해서도 거의 주목받지 못했고요. 그 논쟁이 일본 작가들의 창작 활동에 직접적인 영향을 미쳤느냐 아니냐는 차치하고 여쭙겠습니다. 그 당시 어떤 논의들이 있었는지요.

오쓰카 에이지 그 문제도 서브컬처의 세분화와 관련지어 말씀드릴 수밖에 없겠군요. 앞서 오타쿠 문화가 세세한 장르로 나뉘어 축소되었다는 이야기를 했는데요. 그렇게 축소된 문화가 이미 수명이 끝났음에도 살아남으려고 발버둥치는 것, 일본 문학도 그런 이미지라고 보면 될 것입니다. 메이지 시대(1868-1912)만 하더라도 소설은 문학의 전부가 아니었습니다. 어디까지나 소설은 '넓은 의미에서의 문학' 중 일부일 뿐이었죠. 소설 외에도 시나 일기 등 다양한 형태의 '문학'이 존재했고, 문학에 대해 연구하는 것 자체도 문학이라고 불렸습니다. 그러던 것이 2차 대전 이후 소위 '순문학'이라는 형태로 축소되기 시작한 것입니다. 한편 장르가 점점 축소됨에 따라 문학은 '문화'나 '예술'로 불리며 사회적인

---

10 2002년부터 시작된 일본 도서전으로 '문학 프리마켓'의 약자이다. 1975년부터 이어온 만화동인지 판매전인 '코믹 마켓'을 본받아, 문학도 기존의 문단 권력과 '출판사→독점적인 유통업체→서점'이라는 유통 시스템에서 벗어나 작가가 직접 자신의 책을 독자에게 파는 형태를 모색해보자는 취지에서 만들어진 도서 판매 이벤트. 문예지 《파우스트》나 비평가 아즈마 히로키도 참여한 바 있으며, 소설가 사토 유야, 니시오 이신, 마이조 오타로, 사쿠라자카 히로시, 사쿠라바 가즈키 등도 동인지 형태로 직접 작품을 판매했다.

평가가 높아졌습니다. 결국 문학은 높은 사회적 평가를 통해 살아남은 겁니다.

이는 출판사가 만화 잡지의 높은 매출에 얹혀가는 형태로 문예 잡지를 유지하는 것과 같은 이야기입니다. 아니면 국가의 지원에 얹혀서 살아남았다고 보아야겠죠. 그것이 현재 일본 문학의 상황입니다. 질문하신 순문학 논쟁은 이미 내구연한이 끝난 문학을 그렇게까지 해서 연명시킬 의미가 있는지 없는지를 판가름하는 준엄한 문제였던 겁니다.

물론 경제적인 문제도 있습니다. 제가 문학에 대해 비판했던 것도 이와 무관하지 않습니다. 예를 들어 〈신초新潮〉[11]라는 문예지가 800부밖에 팔리지 않는데, 도대체 그 잡지에 무슨 의미가 있느냐는 겁니다. 물론 세상 모든 것을 경제적인 측면으로만 볼 수는 없겠으나, 그렇다고 해도 일본 국민 1억 2,000만 명 중 단 800명밖에 읽지 않는 매체에, 그 800명에게만 통용되는 중요한 문제란 무엇이고, 과연 그런 것이 존재하기는 하는 걸까요? 그렇지는 않을 거란 말이죠. 결과적으로 그 순문학 논쟁 이후에 어떤 일이 벌어졌는가 하면, 결국 문학은 라이트노벨을 순문학에 포함시킴으로써 연명하려고 했습니다. 만화나 라이트노벨 같은 서브컬처에 얹혀감으로써 살아남는 것을 선택한 거죠.

---

11 신초샤에서 출간하고 있는 일본 문단을 대표하는 문예 잡지 중 하나이다. 참고로 오쓰카 에이지에 의하면 여기에서 언급된 '800부'는 도서관 등의 납품 부수를 제외하고 서점에서 독자에게 팔리는 실판매 부수를 뜻한다고 한다. 〈신초〉의 발행 부수는 일본잡지협회 2014년 10~12월 기준으로 9,167부이다.

선정우   말씀을 들으며 생각해보니 한국에 많은 일본 소설이 수입되고 있지만, 실제로 일본 문예지에 게재되는 작품보다는 장르문학이 더 많이 들어오는 것 같습니다. 문예지에 실린 작품이 번역 출간되고는 있지만 그리 큰 인기를 끌지 못하는 것 같고요.

오쓰카 에이지   개인적으로 요즘 문예지에 실린 작품을 그렇게 열심히 읽어야 할까 싶습니다. 이미 끝난 장르인데 굳이 그럴 필요는 없다고 봅니다. 오늘날의 일본 문학은 라이트노벨을 축소 재생산하고 있을 뿐이거든요. 과거 일본 문학의 역사를 보면 분명 풍요로웠던 시기가 몇 번 있었습니다. 메이지 시대나 다이쇼 시대(1912~1926), 혹은 2차대전 중과 전쟁이 끝난 직후 시기를 꼽을 수 있겠지요. 그렇지만 그 시대의 작품을 읽는 것과 1990~2000년대 이후의 일본 문학을 읽는 것은 전혀 다른 문제입니다.

선정우   아쿠타가와 상의 경우 몇몇 문예지에 실린 단편만을 대상으로 선정해서 논란이 되기도 했죠. 그런 상이 과연 현재 일본 문학을 대표할 수 있는가, 외국에서는 그런 정황도 모른 채 받아들이고 있진 않은가 하는 반응도 있는 것 같은데요.

오쓰카 에이지   그건 어느 나라나 마찬가지일 겁니다. 노벨문학상을 수상한 중국 작가 모옌의 작품을 출간해도 대부분의 일본 독자는 모옌이 과거 문화대혁명과 어떤 관련이 있는지 인식하지 못하니까요. 어떤 문화라도 국경을 넘을 때에는 역사로부터 절단되어 서브컬처화됩니다. 에토 준江藤淳이 말했던 대로 '전체'나 '역사'로부터의 절단이 곧 서브컬처라고 한다면, 국경을 넘는다는 것 자체가 이미 서브컬처화를 전제로 하고 있다는 의미가 됩니다. 말하자면 프랑스인이 생각하는 노能, 가부키, 스모는 일본인이 알고 있는 노, 가부키, 스모와는 다른 것입니다. 일본인이 먹는 불고기(야키니쿠)나 김치(기무치)도 한국 본토의 맛과 차이가 있지 않습니까? 마찬가지로 일본인이 한국에 와서 사누키 우동을 보고 '이건 사누키 우동이 아닌데'라는 생각이 들기도 하고요. 국경을 넘는 순간 원래의 문화에서 단절되어 무국적이 되고, 때에 따라서는 그 나라에 뿌리를 내리게 되는 경우가 발생할 수 있지요.

선정우 마치 외국에 갔을 때 자국 음식을 찾아서 먹는 사람이 있고, 반대로 절대 자국 음식은 먹지 않는 사람이 있는 것과 비슷하군요. 외국에 나갈 때에도 꼭 김치는 들고 가는 사람이 있는 반면, 그 나라 음식을 먹어야 한다고 생각하는 사람이 있는 것처럼요.

저도 1990년대에 일본에 처음 갔을 때는 후자와 같은 생각으로 가능한 한 일본 음식만 먹었는데요. 2000년대에 접어들어 일본에 자주 가게 되고, 또 국내에 일본 음식점이 유행하면서 일본 음식에 대해 특별한 느낌이 없게 되자 오히려 일본에서 '일본화된 한국 음식'을 먹는 것도 새로운 경험이 될 수 있겠다는 생각이 들었습니다. 일본인들은 그

음식들을 한국 음식이라고 생각하면서 먹을 텐데, 일본인의 입맛에 맞춰진 한국 음식을 먹어보지 않고서는 일본에서 바라보는 한국에 대해 완전히 이해할 수는 없겠다 싶었습니다.

오쓰카 에이지 그렇군요. 저도 중국이나 한국에서 그 나라 방식의 우동이나 스시를 먹어보고 싶은 적이 있었습니다. 그러면 비로소 자국 문화와 다른 나라 문화가 다르다는 것을 인식할 수 있겠죠. 만화의 컷 연출도 비슷합니다. 일본 만화가 한국에 소개되더라도 사실은 근본적인 부분에서 다르게 받아들여지는 경우와 같죠. 그 부분을 실감하는 것이 중요합니다.

라면은 중화요리에서 시작되었지만 이제는 일본에 뿌리를 내린 음식(라멘)이죠. 제가 수정과를 좋아하는데, 간사이 지방에서는 수정과가 '히야시아메(냉사탕)'라는 이름으로 서민 생활 속에 정착돼 있습니다만, 그 히야시아메가 사실은 한국에서 비롯되었다는 사실은 잘 모르고 있죠. 그런 식으로 국경을 넘어 무국적화되면서 다른 물건이 되기도 하고, 아예 사라져버리기도 하고, 뿌리를 내리기도 하는 등 역사 속의 갖가지 우연이나 필연을 통해 변화하는 것입니다.

3장

스토리 작가,
만화가
그리고 편집자

선정우　일본에서는 만화나 문학이나 편집자를 통해 작품이 만들어진다고 알고 있는데, 그 과정이 실제로 어떻게 돌아가는지는 한국에는 잘 알려지지 않았습니다. 일본 만화계나 출판계에서 편집자의 역할은 어떠한 것인지 설명을 부탁드리겠습니다.

오쓰카 에이지　일반적으로 편집자가 프로듀서 역할을 맡는다고 보시면 됩니다. 영화에서의 프로듀서와 마찬가지 역할이지요. 어떤 작가에게 어떤 작품을 그리게 할지, 어떤 소재를 이용해 그리면 좋을지를 선정하는 것이죠.

선정우　편집자가 단독으로 선정하는 경우도 있지만, 편집부 내부에서 회의를 하기도 하잖아요.

오쓰카 에이지　물론 그렇습니다. 편집자가 먼저 아이디어를 떠올리고 그다음에 회의에 내놓는 경우도 있고, 편집장이 특정 편집자에게 이런 걸 해보라고 시키기도 하는 등 다양합니다. 어쨌든 맨 처음 기획을 하는 것은 편집자입니다. 물론 평소에 편집자가 작가와 이야기를 나누면서 작가가 뭘 하고 싶어하는지 알고 있어야겠죠. 그러다가 아이디어가 떠올랐을 때 '아, 그때 그 작가가 이런 얘기를 했으니까, 그 사람한테 맡기면 좋을 것 같다'고 결론을 내리는 거죠. 영화에서 프로듀서가 감독을 고르는 것처럼 편집자는 작가를 선택하는 겁니다. 물론 이것은 일반론이고, 이런 방식대로 진행하지 않는 편집자도 많이 존재합니다. 작가가 본인의 아이디어로 원고를 만들어오면 그제서야 이런저런 피드백을 하는 타입도 있습니다. 하지만 히트작을 내놓는 편집자 대부분은 프로듀서 타입이 많습니다.

선정우 오쓰카 선생님은 원작자뿐 아니라 편집자로서의 경험도 있으신데요. 그래서 원작자와 편집자 양쪽 분야를 다 이해하고 있을 것 같습니다. 한국과 비교할 때 일본 만화는 '편집자의 프로듀서화'라는 측면이 중요한 것 같습니다만, 프로듀서 역할을 반드시 편집자가 맡을 필요는 없지 않을까요? 일본 만화계는 왜 프로듀서 역할을 하는 다른 인물을 별도로 두지 않았을까요?

오쓰카 에이지 쇼가쿠칸 출판사에서 퇴직한 나가사키 다카시長崎尚志[1]라는 편집자가—우라사와 나오키浦沢直樹의 담당자이자 실제 스토리를 담당한 '고스트 라이터'이기도 합니다—지금 그런 식으로 프로듀서 역할의 시나리오 라이터를 하고 있는데요. '프로듀서적인 원작자'

---

1 1980년 일본의 메이저 출판사 쇼가쿠칸에 입사한 이후 여러 만화 잡지에서 편집자로 근무한 인물. 특히 만화가 우라사와 나오키를 담당하면서 스토리 담당으로 활동하게 되었다. 2000년대에 쇼가쿠칸을 퇴사하고 프리랜서 만화 원작자가 되었다. 만화 『몬스터』에도 수퍼바이저로 참여했고, 『20세기 소년』에는 플롯 공동제작, 『플루토』에는 프로듀서, 『빌리 배트』에는 스토리 공동제작이라는 명칭으로 참가했다. 한국 만화가 권가야의 일본 연재작인 『푸른 길』(2002~2003년)에서는 에도가와 게이시라는 이름으로 원작을 담당한 바 있다.

로서 활동하는 것입니다. 『소년탐정 김전일』의 원작자 기바야시 신[2] 씨도 마찬가지고요. 그런 식으로 프리랜서로 프로듀서형 원작자가 몇 명 등장한 것은 사실입니다.

선정우　그런 식으로 여러 가지 방식이 존재하지만, 현재 일본 만화계에서 가장 일반적인 시스템은 편집자가 프로듀서 역할을 맡아 작품 전반을 총괄하는 형태라는 말씀이군요. 최근에는 일본에서도 미국식으로 작가-에이전트 시스템을 만드는 방향을 모색해보자는 이야기도 나온다고 들었는데요. 선생님은 어떤 쪽으로 전망하시는지요.

오쓰카 에이지　사실 그 부분에 대해서는 잘 모르겠습니다. 제 생각에는 미국식 에이전트 시스템이 일본에 정착할 수 있을지 의문입니다. 미국식 에이전트 시스템이 일본에 정착되기 이전에, 작가 스스로 독립하지 않을까 싶습니다. 이미 인터넷에서 아마존 킨들이나 아이폰의 앱형태로 자신의 작품을 발표하는 시대니까요. 그렇다면 프로듀서랄까, 편집자가 없어질지도 모릅니다. 그러니 '편집자=프로듀서론'을 너무

---

2 1987년 고단샤에 입사하여 만화 편집부에 근무했다. 『MMR 매거진 미스터리 조사반』(만화 이시가키 유키)에 기바야시라는 캐릭터로 등장하기도 했고, 『슛』, 『GTO』 등의 만화를 담당했는데 당시부터 스토리에 적극적으로 참여하는 편집자였다고 한다. 그 후 『소년탐정 김전일』의 담당 편집자가 되었는데, 초기 스토리 작가가 바뀌면서 1999년 고단샤를 퇴사하고 만화 원작자로서 독립하게 된다. 아기 다다시, 안도 유마, 야마기 세이마루 등 여러 필명을 바꿔 써가면서 『소년탐정 김전일』, 『신의 물방울』, 『탐정학원 Q』, 『겟백커스』, 『쿠니미츠의 정치』 등 수많은 히트 만화를 내놓았다.

과대평가할 필요는 없습니다. 일본의 업계에서도 진짜 프로듀서 역할을 제대로 해내는 편집자는 일부일 뿐이니까요. 『드래곤볼』의 도리야마 아키라를 담당했던 도리시마 가즈히코鳥嶋和彦 씨나 『북두의 권』을 담당했던 호리에 노부히코堀江信彦 씨 등 슈에이샤에서도 일부 편집자에 국한된 이야기였거든요.

선정우   하지만 이미 시스템적으로 완성된 것이 갑자기 붕괴한다면, 편집자 시스템에 익숙해져 있는 일본의 작가들은 곤란해지지 않을까요?

오쓰카 에이지   무엇보다 편집자의 프로듀서적 능력도 약체화되고 있는 실정임을 고려해야 할 것 같습니다. 요즘은 그저 사내 편집회의에 참석해서 들은 이야기를 작가에게 전달할 뿐 '프로듀스'를 하지 못하는 편집자가 적지 않습니다.

선정우   이미 편집자에게 더 이상 기대지 못하고, 창작자가 스스로 생각해야 할 부분이 많아졌다는 말씀이군요.

오쓰카 에이지   그도 그렇거니와 이미 일반론적으로 이렇다 저렇다 이야기하기 힘들 만큼 다양화되어 있습니다. "일본은 이렇다"라고 할 수 없는, 케이스 바이 케이스라는 것이죠. 한 가지 케이스를 설명하자면 동시에 그렇지 않은 다른 케이스도 잔뜩 있다는 말입니다. 출판사마다 다르고, 출판사 안에서도 편집부마다 다르니까요.

선정우 한국도 그런 편이라 할 수 있습니다. 일본은 출판사와 편집부 수가 워낙 많으니 더욱 그렇겠죠.

오쓰카 에이지 예를 들어 같은 쇼가쿠칸 출판사에서도 〈빅코믹〉 편집부 방식과 〈소년선데이〉 편집부 방식이 다릅니다. 슈에이샤의 〈점프〉 브랜드 안에서도 〈소년점프〉 방식과 〈영점프〉 방식이 다른 것처럼요.

선정우 일본 출판계를 이해할 수 있는 좋은 이야기인 것 같습니다. 한국에서는 극히 일부의 정보만 가지고 "일본은 이렇다", "일본 만화계는 이렇다"는 식의 발언들이 많습니다. 실제 일본 출판계는 워낙 다양하기 때문에, 설령 일본에서 일을 해본 경험이 있다고 하더라도 그 경험은 일부일 뿐이지요. 일본의 다양한 이야기를 들어볼 필요가 있고, 그렇지 못할 경우에는 자신의 경험담일지라도 "일본은 이렇다"고 단언하지 말고 "예외일 수도 있지만, 나는 이런 경험을 했다"는 정도로 유보적인 태도를 취할 필요가 있다고 봅니다.

오쓰카 에이지 그렇습니다. 원작(만화 스토리)을 만드는 방식에 있어서도 '플롯'만 쓰는 타입, 각본(시나리오) 형태로 쓰는 타입, 소설 형식으로 쓰는 타입 등 케이스 바이 케이스입니다. 예를 들어 앞서 언급한 소설가 나카가미 겐지의 경우, 극화[3] 원작을 집필했을 때 처음에는 소설 형식으로 썼습니다. 그러다가 도중에 시나리오 형식으로 바뀌었고 그 후 다시 소설로 돌아갔습니다.

저는 기본적으로 각본 형식으로 씁니다만, 인물의 동작이나 연기 지시 부분은 거의 쓰지 않습니다. 캐릭터의 연기나 표정은 거의 지시하지 않는다는 것이죠. 그리고 머리카락이 길다거나 짧다는 식의 캐릭터 외모 설명도 잘 쓰지 않죠. 왜냐하면 저는 애초부터 캐릭터 디자인이 그려진 '캐릭터 시트'를 만들어서 제출하기 때문입니다.[4]

선정우 애니메이션을 제작할 때 사용하는 설정 자료나 캐릭터 디자인과 비슷한 것 같습니다. 일본에서 이런 방식을 택하는 원작자가 드물다고 하셨는데, 장점도 있겠지만 아무래도 수고스럽진 않은가요?

오쓰카 에이지 저는 이쪽이 편합니다. 캐릭터 설정 그림을 제출하면 캐릭터의 컨센서스(consensus, 합의 의견 일치)를 만들기가 쉬워지니

---

3 만화의 한 종류로 일본에서 이름 붙여진 장르 명칭. 주로 성인 취향의 사실적 그림체와 스토리 중심의 진지한 전개의 만화를 극화라고 일컫는다.
4 오쓰카 에이지는 원작자 초기 시절부터 본인이 고용한 일러스트레이터(디자이너)에게 작품의 기초 디자인이나 캐릭터 일러스트(설정 그림)를 그리도록 하고 있다. 『다중인격 탐정 사이코』나 『쿠로사기 시체 택배』 등의 만화에서, 그림 담당의 만화가 말고 그 이전 기획 단계에서 오쓰카 에이지의 개인 일러스트레이터가 그린 설정 그림이 존재한다.

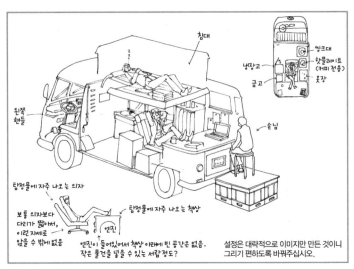

오쓰카 에이지의 『시체 탐정 : 불사신의 좀비』(가제, 2012년경 기획안만 제작되었다) 캐릭터 시트

까요. 예를 들어 편집자 중에는 캐릭터가 이미지에 맞지 않는다고 하면
서도, 정확히 어디를 어떻게 고쳐야 하는지 제대로 설명하지 못하는 사
람이 있습니다. 그러한 경우를 위해서도 미리 캐릭터 이미지를 정확하
게 만들어두면 편하다는 거죠.

선정우　선생님은 원작자보다 편집자 일을 먼저 시작하셨는데, 편
집자 시절에도 이러한 방식으로 일을 하신 건지요? 혹 그런 경험이 바
탕이 되어 원작자가 되어서도 이러한 방식으로 일하시는 건 아닌가 싶
어서요.

오쓰카 에이지　이 방식을 처음 사용한 것은 『망량전기 마다라』(이하 『마다라』) 때였습니다. 『마다라』는 제가 편집자 역할에서 원작자 역할로 이행하던 중에 만든 작품이거든요.

선정우　그렇군요. 그 이전에는 어떻게 진행하셨나요?

오쓰카 에이지　그 이전에는 대부분 말로 진행했지만, 그것도 케이스 바이 케이스였습니다. 만약 만화가가 아무것도 없는 제로 상태에서 모든 것을 만들어낼 수 있는 사람이면 그냥 옆에서 지켜봤습니다. 그러다 내용에 모순이나 문제점이 있을 경우에만 수정 지시를 하는 거죠. 반면 아무것도 못 그리는 작가한테는 이런저런 아이디어를 내주었고요.

즉 만화가의 스타일에 따라 맞추는 것이 편집자의 역할인 셈이죠. 영화의 경우, 프로듀서가 '이 감독은 이런 장점과 이런 단점이 있다, 이 작품에는 이 감독이 맞을 것 같지만 단점을 보완해야겠다'라고 생각했다면, 추가로 시나리오 라이터를 붙이거나 배우나 예산을 조정하는 등의 역할을 수행하지 않습니까. 마찬가지로 '이 만화가를 제대로 살려내기 위해서는 그 사람의 어떤 부분을 보충해주면 될까'를 끊임없이 생각하면서 잡지를 만드는 것이 편집자입니다.

계약서가 없는 세계

선정우 일본에는 작가 한 명이 한 작품을 온전히 책임지기보다는 영화처럼 많은 사람이 아이디어를 내서 만들어가는 경우가 많지 않습니까. 과거에는 편집자는 단지 작가를 보완하는 역할을 할 뿐이고, 편집자 의견이 작품에 많이 반영되었다 하더라도 저작권은 온전히 작가의 것으로 여기는 분위기였던 것으로 알고 있습니다.

하지만 최근 일본에서 판권에 관한 논의가 많아지면서 저작권 재판이 일어나기도 하는 등 분위기가 달라지고 있죠. 영화와 음악 분야는 오래전부터 공동 창작, 공동 제작이 기본이다 보니 그런 부분에 대해 계약서를 만들거나 최소한 관습적으로라도 어떤 권리를 정해놓고 시작하지만, 출판계는 계약이나 작품의 권리를 누가 어떤 비율로 가질지에 대해 거의 논의가 없다 보니 문제가 생기는 것 같습니다.

오쓰카 에이지 그 문제에 대해서는 간단하게 답할 수 있겠군요. 일본은 콘텐츠 산업의 저작권 정비가 전혀 되어 있지 않았기 때문입니다. 예를 들어 계약서가 존재하지 않는 출판 계약도 적지 않습니다.

선정우 네. 저도 그런 이야기를 한국에서 하면 다들 깜짝 놀라면서 "일본은 출판 선진국이라 할 수 있는데 그럴 리가 있느냐"라고 말합니다. 하지만 실상은 미국 같은 계약 사회와는 전혀 다른 모습을 하고 있는 것이 일본 출판계인데 말입니다.

오쓰카 에이지 일본에서는 대부분의 비즈니스가 구두로 진행됩니다. 관습이라 할 수 있죠. 폐쇄적인 사회를 만들어 내부에서만 비즈니스를 해왔기 때문에 서로 신뢰관계를 통해 진행할 수밖에 없습니다. 일단 상대방과 트러블이 생기면 그 업계에서 일하기 힘들어지기 때문에 서로 룰을 지켜야 한다는 암묵적인 양해가 있는 거죠. 가령 만화 업계에서 살아가기 위해서는 만화 업계의 룰을 지켜야 한다는 이야기입니다. 만약 이번에 자신이 손해를 본다면 그 부분을 다들 알아주기 때문에 다음에는 그걸 보충해주는 그런 관계가 형성됩니다. 하지만 산업의 규모가 커지고 외부 투자가 들어오면서 더 이상 그런 식으로 비즈니스를 진행하는 것은 곤란하게 되었죠. 과거의 관습이 새로운 관습으로 대체되지 못해서 문제가 발생하는 겁니다.

아마 현재 일본 지적재산권의 90퍼센트 이상이 낡은 방식으로 만들어진 것이기 때문에 이제 와서 수정하기도 불가능할 겁니다. 예컨대 일본에서는 과거에 만든 TV 드라마를 재방영하기 힘든 경우가 많은데, 그 이유는 저작권이나 초상권을 규정한 계약서가 없기 때문이죠.

선정우 선생님도 저자로서 출판계약서를 만들지 않았나요?

오쓰카 에이지 네. 사실상 계약을 맺지 않았습니다. 그러니까 제가 스토리를 담당한 만화 『다중인격 탐정 사이코』나 『마다라』를 비롯하여 제 출판물에는 출판계약이 거의 존재하지 않습니다. 해외에서 번역 출판 오퍼가 들어와도 종이 한 장에 '홍콩에서 이 책에 대해 몇 권의 번역판을 내도 좋다'는 식의 각서만 썼습니다. 하지만 최근 몇 년간 바뀌는 추세이긴 합니다. 특히 새로운 매체에 관심이 많은 출판사는 저작권을 확보해두기 위해 계약서를 쓰는 경우가 늘어나고 있습니다. 그러나 작가 측에서 출판계약서의 내용을 이해하진 못하고 있죠.

선정우　그건 작가들이 계약서를 잘 읽지 않아서 그런 건 아닌지요?

오쓰카 에이지　그렇죠. 계약서를 잘 읽지 않습니다. 읽을 수 있는 배경지식이 없으니까요. 출판권이나 지적재산권, 저작권의 인접권이나 인격권 등 그런 것들의 개념에 대해 설명할 수 있는 저자가 일본에는 거의 존재하지 않습니다.

선정우　작가가 출판계약 내용을 잘 이해하지 못하는 문제는 한국에서도 자주 발생하기 때문에 남 이야기 같지만은 않습니다.

오쓰카 에이지　예를 들어 일본에서는 작가가 변호사를 선임하는 경우가 거의 없지만, 저는 미국에서 계약할 때 변호사나 에이전트를 선임했습니다. 이번에 한국과 계약했을 때 선정우 씨를 에이전트로 선임했듯이 말이죠. 하지만 일본에서는 이런 것이 매우 특수한 경우입니다. 기본적으로 출판사와 구두 약속을 통해 맡겨놓고 진행하는 편이기 때문이죠. 그렇게 해도 문제가 없는 경우가 많지만, 일단 문제가 발생하면 아예 수습할 수 없게 됩니다.

최근 일본에서 전자책으로 쉽게 넘어가지 못하는 이유 중 하나가 그런 계약이 미비한 탓도 있습니다. 미국은 출판권의 많은 부분을 출판사에 넘기는 방식이 일반적이라서 특별한 별도 조항이 없는 한, 출판사와 구글이 계약을 맺는 것만으로 전자책 출간을 무리 없이 진행할 수 있습니다. 하지만 일본에는 그런 계약이 존재하지 않으니 전자책을 출간할 때 어려움을 겪는 것입니다. 이제 와서 한 권 한 권에 대한 계약을 다시 맺자고 하면 일이 너무 커지니까요. 마찬가지로 방송 역시 출연계약이 존재하지 않고, 영화도 비슷합니다. 기본적으로 일본은 '계약서가 없는 세계'입니다.

선정우 한국의 경우, 같은 아시아 문화권이라 비슷한 부분이 있지만, 그렇다 해도 변화가 있는 상황입니다. 일본은 워낙 강고하게 굳어진 체제가 있다 보니 변화가 쉽지 않다는 이야기군요.

오쓰카 에이지 한 가지 더 말씀드리자면, 일본 내에서는 종이 매체나 영상 매체의 경우 기존 저작권법만으로 충분했던 점도 있습니다. 출판권이나 저자의 권리, 출판사와의 관계 등 기본적인 부분은 저작권법에 명확하게 규정이 되어 있으니 거기에 따르기만 하면 되는 겁니다. 일본 내의 상황에서 벗어난 경우만 재판으로 이어질 뿐이죠. 적어도 종이 매체 시절에는 특별한 문제가 없었습니다. 그런데 그것이 영상이나 인터넷으로 옮겨질 때에는 계약에 대한 기존 관습이 따라가지 못하는 거죠.

선정우 원고료도 마찬가지 상황이라고 들었습니다.

오쓰카 에이지 네. 원고료도 직접 받아보지 않고서는 내 원고료가 얼마인지 알 수가 없습니다.

선정우 최근에는 일본 작가들이 인터넷을 통해 원고료에 대한 정보를 어느 정도 공유하고 있습니다. 일본 작가들 사이에도 베테랑이 되면 원고료가 엄청나게 오를 것이라는 착각이 만연해 있다지요?

오쓰카 에이지 작가 측에서 일부러 그런 소문을 내버려두는 경우도 있고, 사실 여러 가지 이유가 있습니다. 예를 들어 어느 동인지 출신 작가가 페이지당 10만 엔의 원고료를 받는다고 말한 적이 있지만 그건 사실이 아닙니다. 일종의 '허세'지요. 또 몇몇 여성 만화가들이 자신의 원고료를 굉장히 높게 말한 적이 있는데, 그런 식으로 일종의 '도시전설'처럼 만화 원고료에 대한 잘못된 정보가 유포되었던 것입니다. 원가 계산만 해봐도 알 수 있듯이, 한 페이지에 10만 엔, 20만 엔이라는 원고료는 불가능합니다. 하지만 일반 독자가 그런 부분까지 아는 건 어렵죠. 예컨대 저 같은 대학교수의 방송 출연료는 기껏해야 1만~1만 5,000엔 정도에 불과합니다. 하지만 일반 대중은 방송에 출연하면 한 100만 엔쯤은 받는다고 생각하거든요. 그 정도의 고액 출연료를 받는 이는 극히 일부 최상위 스타들뿐입니다.

선정우 그런 정보가 한국에는 잘 알려져 있지 않아서 일본에 진출하고 싶어 하는 작가나 작가 지망생들이 잘못 아는 경우가 많습니다. 확실한 답변을 듣고 싶어서 이런 질문을 드렸습니다.

오쓰카 에이지 과거에 제가 출판사에 근무할 때는 시급을 500엔밖에 받지 못했습니다. 한 달에 10만 엔 정도 벌었는데 '그걸로 어떻게 먹고살았지?' 하고 생각해보니 식사비가 거의 들지 않았더군요. 당시 스즈키 도시오鈴木敏夫[5] 편집장이 매일 밥을 사줬습니다. 대부분의 끼니를 스즈키 편집장이 사주는 것으로 해결했기 때문에 번 돈으로 월세만 내면 됐던 거죠. 게다가 제가 읽고 싶은 책을 살 때에도 영수증만 받아오면 회사에서 경비로 정산해주었으니까요. 그러니까 급여는 10만 엔밖에 받지 못했지만, 실제로는 그 두 배 정도는 쓸 수 있었던 것입니다.

5 스튜디오 지브리의 프로듀서와 동일 인물. 출판사 편집자로 시작하여 애니메이션 프로듀서가 되었다.

그럼 스즈키 도시오는 어떻게 그렇게 할 수 있었느냐, 최근에야 알게 된 사실이지만 그는 다른 아르바이트를 해서 번 수입으로 직원들 밥을 사줬던 것입니다. 그런 방식이었던 거죠.

선정우　그럴 바에야 처음부터 급여를 제대로 주는 편이 낫지 않을까요? 직원들에게 정상적인 급여를 주는 편이 개인 서적 구매까지 경비 처리해주거나, 상대적으로 비싼 인건비로 고용된 편집장이 자사의 업무에 집중하지 못하고 별도 아르바이트를 해서 직원들 식사비까지 대주는 방식보다 합리적일 것 같은데요. 물론 한국도 소위 '가족 같은 회사'라고 하여 업무를 개인의 일보다 중요하게 여기는 문화가 만연했기 때문에 그런 상황을 모르지는 않지만, 그냥 합리적인 방식이 실제 업무에도 효율적일 거라는 생각이 듭니다.

오쓰카 에이지　그것이 요즘의 사고방식이죠. 하지만 일본에서는 그렇지 못했습니다. 최근 일본에서도 예전의 관계가 붕괴되면서 만화가가 먹고살기 힘들어졌습니다. 원고료는 낮은데 편집자들이 예전처럼 도움을 주지 않거든요. 비즈니스에는 '이 정도 이상 지불하면 채산이 맞지 않게 된다'는 분기점이 있다 보니 원고료를 쉽게 높이긴 어려우니까요.

선정우　지금까지는 책이 많이 팔렸으니까 그런 모순점이 잘 드러나지 않았지만, 출판 산업이 어려워지면서 숨어 있던 문제점이 노출되기 시작한 것 같습니다.

오쓰카 에이지 이런 현상이 가능했던 것은 일본의 출판사가 아무리 대기업이라 해도 대부분은 개인기업이기 때문입니다. 주식 상장을 하고 있는 대형출판사는 가도카와쇼텐 정도이지요. 다른 출판사들이 가도카와쇼텐처럼 주식회사가 되어버리면, 그나마 '좋은 게 좋은 거다'라는 식으로 작가에 대해 도움을 주던 부분도 어려워지게 됩니다. 과거에는 원고료를 싸게 책정하는 대신 편집자가 자료를 제공한다거나 밥을 사주는 식으로 사실상의 추가 지원을 해줬는데, 주식회사가 되면 법령 준수(컴플라이언스compliance)를 해야 하니까 대충 처리하는 과거 방식이 통용될 수가 없습니다.

원작자와 만화가의 관계

선정우 한국의 만화가 지망생들이 일본 만화에서 가장 궁금해하는 것 중 하나를 질문드릴까 합니다. 바로 원작자(스토리 작가)와 만화가의 관계입니다. 한국에서는 원작자와 만화가가 일종의 '콤비' 개념으로 작품을 진행하는 경우가 많습니다. 그러다 보니 만화업계에서 '스토리 작가가 따로 있는 만화가 잘 되기 위해서는, 스토리 작가와 만화가가 빨리 친해져야 한다'는 식의 조언이 성행하곤 합니다. 하지만 일본에서는 원작자와 만화가가 반드시 콤비로 활동하지는 않는다고 들었습니다. 일본에서의 원작자—만화가의 관계에 대해 좀 더 자세한 설명을 부탁드리겠습니다.

오쓰카 에이지 그야말로 '케이스 바이 케이스'라고 말씀드릴 수밖에 없습니다. 사실상 편집자가 원작자 역할까지 맡아서 스토리를 만드는 작품도 있고,[6] 앞서 언급했듯 편집자가 프로듀서 역할을 맡는 경우도 많습니다. 그럴 때엔 원작자나 만화가를 선택하는 것도 편집자의 몫이 됩니다. 먼저 편집자가 원작자와 작품 논의를 시작하고 만화가를 나중에 고르는 케이스, 즉 '원작자 주도형'은 가지와라 잇키梶原一騎[7]가 대표적인 예라 할 수 있습니다. 편집자가 가지와라 잇키와 권투 만화를 만들자는 이야기를 먼저 한 다음, 어떤 권투 만화를 만들지 다시 상세하게 논의한 다음에야 가지와라가 각본을 쓰는 것이죠. 그다음에 만화를 누구한테 맡길지를 정하는 순서로 작품이 만들어집니다.

또 어떤 작품은 편집자가 플롯까지 다 만드는 경우도 있습니다. 하

---

6 대표적인 인물로 나가사키 다카시와 기바야시 신이 있다(이 둘에 대해서는 이 책의 47~48쪽 참조). 그밖에도 일본에는 오래전부터 편집자 출신의 만화 원작자(스토리 작가)가 여럿 있었다.

7 일본의 만화 원작자 겸 소설가. 가지와라 잇키는 필명인데, 다카모리 아사오라는 필명을 쓰기도 했다. 대표작은 「거인의 별」(그림 가와사키 노보루), 「가라테 바보 일대」(쓰노다 지로 · 가게마루 죠야 그림), 「타이거 마스크」(쓰지 나오키 그림), 다카모리 아사오 필명의 대표작은 「내일의 죠」(지바 데쓰야 그림) 등이다.

지만 각본까지 편집자가 쓸 수 없거나 단순히 귀찮아서 원작자를 선정하는 거죠. 이것은 시나리오 라이터 역할을 해줄 사람을 찾아오는 케이스입니다. 이런 식으로, 프로듀서(편집자)가 중간에 들어가는 방식에도 두 종류가 있습니다. (스토리 작가가 따로 있는 작품의 경우) 편집자가 원작자와 먼저 작품 회의를 하고 나서 결정된 각본 내용을 만화가한테 갖고 가는 방식이 일반적이긴 합니다만, 작품 회의에 만화가가 같이 참가해서 세 명이 논의를 하는 경우도 있고, 원작자와 만화가가 아예 만나지 않는 경우가 있는 등 다양합니다. 그래서 '케이스 바이 케이스'라고 하는 거지요.

선정우 선생님의 경우는 어떤가요?

오쓰카 에이지 저는 기본적으로 만나지 않는 방식을 선호합니다. 저는 (작화 담당으로서) 제가 찾아낸 작가(만화가)만 기용합니다만, 연재가 시작된 후에는 거의 만나지 않게 됩니다. 예를 들어 다지마 쇼田島昭宇(『다중인격 탐정 사이코』의 만화가)와도 마지막으로 만난 지 3년이 넘었습니다.

선정우 그렇군요. 그럼 선생님이 쓴 각본은 편집자한테만 보내는 것인가요? 만화가한테는 아예 처음부터 보내지 않나요?

오쓰카 에이지　그렇죠. 편집자한테만 보냅니다. 편집자하고는 그때 작품에 대해 논의를 하죠. '이러 이러한 스토리로 진행하면 좋겠다'고 말하면 편집자가 그 결과물을 들고 만화가를 찾아가서 다시 작품 회의를 하는 방식입니다. 저는 프로듀서형 원작자이기 때문에, 제 작업의 경우 편집자는 제작 관리 같은 것을 담당하는 일종의 '라인 프로듀서' 역할만 하게 됩니다.

편집자한테 시나리오를 전달하면 편집자가 그걸 만화가한테 갖고 가서 그림콘티[8]를 만들도록 합니다. 그 콘티가 다시 저한테 피드백되면 그 내용을 보고 수정할 사항을 편집자에게 보냅니다. 그러면 편집자가 만화가한테 수정을 부탁하는 식이죠. 『다중인격 탐정 사이코』의 경우에는 그런 식으로 중간에 수정할 일은 거의 없고, 단행본으로 만들 때 몇 군데 수정하는 정도입니다. 물론 이것도 작품에 따라 다릅니다. 어떤 작품은 미리 논의를 해두는 경우도 있고, 아니면 중간중간에 회의를 거치는 작품도 있습니다. 그 구분은 만화가의 타입에 따라 판단합니다. 만화가가 만나면서 진행하는 편이 나은 타입인지 만나지 않는 편이 나은 타입인지에 따라서 말이죠.

또 작품에 따라서 어떤 작품은 각본에 전혀 손대지 못하도록 하는

8　스토리보드에 해당하며 영화나 드라마, 애니메이션 등 영상 제작을 하기 전에 영상 내용을 연속된 일러스트로 묘사하는 것을 말한다. 보통 국내에서는 콘티라고 일컫는데, 일본에서는 콘티라는 단어와 별개로 영화나 애니메이션 분야에서 그림 콘티라는 용어를 사용한다. 일러스트 없이 문장으로 이루어진 콘티도 있기 때문에, 그와 구분하기 위한 것으로 여겨진다.

경우도 있고, 어떤 작품은 대사를 적절하게 바꿔도 좋다거나 플롯까지 바꿔도 좋다고 말하는 경우도 있습니다. 아예 스토리의 방향까지 대담하게 다 바꿔도 좋다고 하는 경우도 있고요. 그 역시도 '케이스 바이 케이스'입니다.

보통은 단행본 첫 번째 권 정도까지는 각본에 충실해달라고 말합니다. 그러다가 스토리가 진행되면서 점점 이리저리 바뀌는 거죠. 『다중인격 탐정 사이코』의 경우, 이미 엔딩까지 시나리오를 제출했습니다. 그 내용을 보고 다지마 쇼가 어떤 식으로 만화화할지는 자유롭게 해도 좋다고 말해둔 상태죠.

선정우   그러고 보면 『다중인격 탐정 사이코』는 1997년부터 연재가 시작되었으니 상당히 오래된 작품인데요.

오쓰카 에이지   각본은 3년 전에 완결까지 다 써두었습니다.

선정우   이번에 오쓰카 선생님이 한국에 와서 강연을 하신다는 정보를 인터넷에 공개했더니 『다중인격 탐정 사이코』는 언제 완결되냐는 질문이 많았는데, 이미 시나리오는 다 완결된 상태였군요.

오쓰카 에이지   네. 나머지는 다지마 쇼가 어떻게 판단하느냐에 달린 상황입니다.[9] 그리고 『구로사기 시체 택배』[10]의 경우에는 단행본 한

권 분량까지는 각본에 충실하도록 했습니다만, 그 뒤부터는 플롯을 변경하는 정도는 받아들이고 있습니다. 왜냐하면 제가 쓴 플롯에 모순이나 수정해야 할 부분이 있는 경우도 있기 때문에, 그럴 경우 만화가가 그 내용을 수정해준다면 감사히 받아들이는 것이죠.

선정우 그러고 보면 일본 만화는 상당히 장편화되는 경향이 있는 것 같습니다. 이에 관한 논의도 있는 걸로 아는데, 선생님은 어떻게 생각하십니까.[11]

오쓰카 에이지 지극히 단순한 이유입니다. 잘 팔리면 장편화가 됩니다. 단행본 100권 분량의 구성을 생각했다 하더라도, 인기가 없으면 1권에서 끝나잖습니까. 반대로 단행본 다섯 권 분량의 구성밖에 없더라도 잘 팔리면 20~30권으로 이어지는 거죠. 한 권에 50~60만 부 팔

9 『다중인격 탐정 사이코』는 이 인터뷰를 진행한 지 3년이 지난 2015년 4월 현재까지도 완결되지 않았다. 2014년 12월에 출간된 단행본 21권에서 22권이 완결이라고 발표되었지만, 계획이 변경되어 23권도 출간될 예정이라고 한다.
10 오쓰카 에이지가 원작을 맡고, 야마자키 호스이가 그림을 그린 만화. 지금도 연재 중으로 단행본 17권까지 누적 발행부수 160만 부를 기록했다고 한다. 이라크 전쟁, 라이브도어 사건, 베이비박스 문제 등 시사에 관련된 소재나 도시전설을 바탕으로 한 오컬트 스토리를 주로 다룬다.
11 일본 만화의 경우 명작들이 지나치게 장편화되다 보니 연재 초기부터 읽었던 독자가 아니면 따라가기 힘든 측면이 있다. 예를 들어 일본 만화의 걸작으로 손꼽히는 『유리 가면』의 경우 1976년 연재 개시 후 40여 년 가까이 지나도록 완결되지 않았다. 또 애니메이션으로도 유명한 『원피스』와 『명탐정 코난』 등은 1990년대부터 연재가 시작되어 20년 가까운 연재 기간에 단행본 권수도 70~80권을 훌쩍 넘기고 있어 주독자층인 아동층의 신규 독자 진입이 매우 어려운 상황이다.

리는 작품이 있는데, 그걸 누가 끝내려고 하겠습니까?

선정우 물론 동의합니다. 하지만 예를 들어 한 작품이 연재될 때부터 한 권 한 권 사 모으는 독자에겐 작품이 100권까지 가더라도 이미 99권을 가진 상태에서 추가로 한 권 더 사는 건 어려운 일이 아니겠지만, 새롭게 그 작품을 접하려는 독자에겐 부담이 되지 않는가 하는 문제 제기가 있거든요. 즉 신규 독자의 접근을 어렵게 만들지 않느냐는 것이죠. 100권이나 나온 작품이라면 엄청난 인기작이고 그야말로 그 장르에서는 '걸작'으로 평가받을 만한 작품일 텐데, 이미 100권 나온 다음에 접하려는 이에겐 가격에 있어서나 분량에 있어서나 부담이 되지 않겠습니까. 예를 들어 문학이나 영화는 아무리 히트한 작품이라도 그런 물리적인 부담은 덜하니까요.

오쓰카 에이지 그건 그렇긴 합니다만, 그래도 어쩔 수가 없지 않을까요? 예를 들어 10권에서 짧게 끝낸다고 하더라도 그 다음 작품을 만들었을 때 그 작품도 잘 팔릴 거란 보장은 없으니까요. 그건 비즈니스의 문제죠. 또 작품을 만들다 보면 점점 내용이 부풀어오르는 경우도 있지 않습니까. 제 안에서는 『다중인격 탐정 사이코』가 이미 완결되었지만, 다지마 쇼에겐 아직 완결되지 않은 것처럼요.

창작자의 자기 프로듀스

선정우   지금까지 선생님께서는 『캐릭터 소설 쓰는 법』이나 『이야기 체조』, 『스토리 메이커』 등의 저서에서 스토리 작업에 관해 논해왔고, 만화작법론에 대해서도 많은 이론을 제시하셨습니다.

사실 일본 내에서 만화 창작에 대한 방법론이나 교과서 등이 구축되어 있지 않다는 비판이 많이 나온다고 알고 있는데요. 할리우드만 해도 각본술 같은 책이 여럿 있고, 스토리텔링 기법에 관한 연구도 많이 축적되어 있습니다. 하지만 일본에서 만화 작법서라고 하면 스케치, 데생 등과 같은 '그림을 그리는 방법'이나 구도, 원근법 등 미술 교육에 가까운 방법론뿐이지, 컷 연출이나 페이지 넘김에 따른 연출법 등을 알려주는 작법서는 사실상 없지 않습니까. 그런 반면에 선생님의 강연에서도 느꼈지만, 교과서적인 서적이나 학습 요령이 체계화되어 있지 않은 것치고는 일본의 편집자나 작가들이 연출에 대한 발언 내용 자체가 상당히 구체적이고, 어느 정도 통일된 답변을 한다는 느낌을 받았습니다.

오쓰카 에이지   일본은 아무래도 만화계가 완성되어 있다는 측면이 있기 때문에, 그런 방법론을 구전으로 자연스럽게 배울 수 있습니다. 가령 미국은 다문화, 다언어국이잖아요. 그러다 보니 언어와 문화가 다른 사람들과 함께 작업할 수 있는 공통된 방법론이 필요하다는 사고방식이 기본적으로 있습니다. 사실 일본도 근대 초기와 2차대전 이전에는 한국이나 대만을 식민지화했기 때문에 다민족 국가였죠. 하지만 전후의 일본은 자신들이 단일민족이라는 신화를 갖기 시작하면서 타자에 대한 설명 방법을 여러 가지 의미에서 잃어버렸다고 생각합니다. 즉 방법론을 언어화하려는 의지 자체가 부족하다는 말이죠. 방법론이란 타자에게 자기 표현의 본질을 설명하는 것이니까요. 결국 일본에서는 비언어화된 상태로도 방법론을 배울 수 있는 환경이 충분하다는 겁니다.

선정우 언어화되지 않은 것뿐이지 방법론이 존재한다는 의미군요.

오쓰카 에이지 문법 교재 없이도 어려서부터 자연스럽게 모국어를 익히듯이, 만화 자체가 일본에서는 '모국어화'되었다고 할 수 있습니다. 만화는 본래 외래문화였지만 외래문화 자체를 완전히 모국어화시킨 것입니다. 혹은 모국어라고 믿게 되었다고나 할까요.

일본에서 비언어화된 상태로 방법론을 학습하는 또 하나의 이유는 방법론을 신비화하려는 경향 때문입니다. 비전祕傳, 구전 등의 형태로요. 나카가미 겐지는 "이야기론을 응용하면 프로 작가가 아니라도 소설은 충분히 쓸 수 있다"라고 말한 적이 있습니다. 심지어 컴퓨터도 소설을 쓸 수 있을 거라고 가차 없이 말했어요. 만약 그런 발언을 제가 문학세계에서 했다면 비판을 받았겠죠. 하지만 거장 소설가인 나카가미 겐지도 그와 같은 발언을 했다는 것입니다.

선정우   선생님이 편집자 경험이 있어서 그런 생각을 하게 된 건 아닌지요?

오쓰카 에이지   편집자는 '작가에 대해 타자일 것'을 요구받는 존재입니다. 즉 신인 작가가 원고를 써왔는데 재미없다면, 어째서 재미없는지에 대해 그 작가한테 설명해야 합니다. 그러기 위해서는 설명하는 언어를 구축해야만 하는 거죠. 물론 아무래도 사람에 따라 다르기는 하지만, 자신만의 설명하는 언어를 구축하는 편집자가 있기 마련입니다. 또 선배 편집자한테 어디가 이상한지 설명하는 방법을 배우기도 합니다. 즉 출판사에 입사하여 선배에게 배우고, 신인 작가를 키우면서 그런 경험을 가르쳐주기도 하는 거죠. 구전으로 기술이 전승되는 것과 동일한 방식으로요.

선정우   그렇다면 선생님의 창작자로서의 방식은 그런 경험에서 출발한 것입니까?

오쓰카 에이지   저는 창작자로서의 재능이 없었기 때문에, 스스로 편집자가 되어 저 자신을 프로듀스 해왔습니다. 일단 나 자신을 편집자 위치에 놓음으로써 별로 재능이 없는 '나'라는 작가를 어떻게든 상업적으로 쓸모가 있게끔 만들었다고나 할까요. 스스로 그림에는 재능이 없는 걸 확실히 인식하고, 이야기의 구성력이 약하다는 단점을 이야기 이론으로 보완하는 식의 방법으로요.

선정우　편집자 경험이 없는 작가 중에도 그런 타입이 있지요.

오쓰카 에이지　네. 일본에서는 '자기 프로듀스'라고 하는데, 그런 재능을 가진 작가가 꽤 많죠. 아마 무라카미 하루키도 그런 타입일 겁니다.

선정우　『캐릭터 소설 쓰는 법』이나 『스토리 메이커』 같은 작법서는 그런 '편집자적인 창작 경험'에 할리우드 각본술 같은 것을 적용해서 집필하신 건지요?

오쓰카 에이지　저는 단지 글을 쓰는 방법은 누구나 학습 가능하다는 이야기를 하고 싶었습니다. 소설은 누구나 쓸 수 있다, 만화도 누구나 그릴 수 있다, 라고요. 그건 저도 공부를 하면 한국어를 배울 수 있다는 말과 같은 뜻입니다. 물론 한국어를 배웠다고 해서 곧바로 아름다운 한국어 문학작품을 쓸 수 있다는 이야기는 아닙니다.
　방법론에는 두 가지 수준이 존재합니다. 하나는 한국어를 배워서 단순히 문법적으로 맞는 한국어를 쓸 수 있게 되는 것입니다. 이것은 거의 누구나 가능하고, 이를 위한 텍스트나 매뉴얼도 다양합니다. 하지만 또 하나의 수준, 즉 거기에서 한발 더 나아갈 수 있는가, 라는 문제는 개개인의 역량과 문화의 문제가 결부되기 때문에 단순하지 않습니다. 저의 작법서는 한국어나 영어를 배우는 것처럼 '누구나 가능한' 수준에서의 방법론을 다룬 것이고, 모든 사람이 자신만의 재능이나 특별함을 매뉴얼로 배울 수 있다는 사실을 담은 것이라 할 수 있습니다.

선정우　하지만 독자의 입장에서는 '할 수 있다'는 말이 아름다운 문학작품을 쓸 수 있다로 들리진 않을까요?

오쓰카 에이지　정확한 이야기의 구도는 쓸 수 있습니다. 그런 식으로 자신을 훈련함으로써 다음 단계로 넘어갈 수 있는 겁니다.

선정우　기초적인 훈련에 관해 쓰신 책이라는 말씀이군요.

오쓰카 에이지　그렇죠. 제대로 연습하기만 하면 정말 다음 단계로 넘어갈 수 있습니다. 훌륭한 스포츠 선수는 확실하게 기초를 쌓습니다. 기초를 제대로 해두지 않은 사람은 쉽게 부상을 당하죠. 이야기를 만드는 일도 마찬가지입니다. 기초를 튼튼히 해두면 다음 단계로 넘어갈 수 있습니다. 물론 어느 시점에는 '신에게 받은 재능'을 가진 사람만이 넘을 수 있는 단계를 만나게 되지만 말입니다. 그것은 일본에서도 몇몇 작가만 가능했던 영역이죠. 예를 들어 데즈카 오사무 같은 소수의 천재에게만 가능한 것입니다.

선정우 『캐릭터 소설 쓰는 법』과 『스토리 메이커』의 내용은 스포츠로 말하자면 기초 훈련에 해당하는 것이고, 기초 훈련을 배운 사람이 훌륭한 스포츠 선수가 될 수 있는가 없는가는 또 다른 이야기라는 거군요.

오쓰카 에이지 그렇습니다. 하지만 기초 훈련을 확실하게 한다면, 최소한 야구에서 드래프트에 뽑힐 만큼의 선수는 될 수 있다는 얘기죠. 하지만 스즈키 이치로가 될 수 있느냐고 묻는다면 그런 보장은 할 수 없다는 겁니다.

실제로 『스토리 메이커』, 『캐릭터 메이커』를 비롯한 작법서는 모두 제가 행한 수업 내용을 그대로 수록한 것입니다. 제가 근무하는 학과가 생기고 나서 졸업생을 배출한 지 올해가 3년째입니다. 그 사이에 공모전에서 상을 탄 학생도 한두 명은 있습니다. 100명 이상은 잡지사에 신인 작가로 뽑히거나 잡지에 작품을 게재했고요. 그건 상당히 높은 합격률이라고 생각합니다. 하지만 그 학생들 중에 도리야마 아키라鳥山明나 데즈카 오사무가 나올 거라고는 장담하지 못하죠.

선정우 그렇겠죠. 한 권의 책을 읽는 것만으로 거장이 될 수 있는 분야가 존재한다면 누구나 책을 읽고 거장이 될 테니까요.

오쓰카 에이지 그건 무리죠. 하지만 어느 정도 수준의 작가가 된다는 것은 꿈같은 얘기만은 아닙니다. 다만 선택받은 천재가 될 수 있느냐고 묻는다면 저로서도 답을 해줄 수가 없습니다. 당신이 그런 사람인지 아닌지는 그 누구도 증명할 수 없다는 말밖에 해줄 수가 없는 거죠.

4장

스튜디오 지브리의 힘

선정우 프로파간다와 창작의 관계에 대해 질문드리겠습니다. 선생님은 〈메카데미아〉 학회에서 월트디즈니를 필두로 한 '가족적인 애니메이션'에 대한 안티테제로 일본의 오타쿠 문화를 호평하는 서양의 '오타쿠 학자들'과 '쿨 저팬Cool Japan[1]'적인 일본의 젊은 학자들이 중심이 된 분위기에 대해 비판적이었는데요. 그래서 일본의 오타쿠 문화가 프로파간다에서 비롯되었다는 선생님의 지적이 환영받지 못했던 것 같습니다. 창작에 있어 프로파간다가 갖는 의미에 대해 어떻게 생각하십니까.

오쓰카 에이지 일본 작가들 중에도 작품에 대한 책임을 자각하지 못하는 이들이 있습니다. 하지만 작품은 작가의 것이니 당연히 작가의 책임 하에 있는 것이죠. 다른 누군가를 위해 프로파간다를 만들어서는 안 됩니다. 또한 자신의 약한 마음을 커밍아웃 하는 작품은 적어도 엔터테인먼트나 서브컬처라고 할 수 없습니다. 자서전이나 일기 형태라면 몰라도요. 하지만 서브컬처는 상품이잖아요. 그렇기 때문에 많은 책임이 따릅니다. 소위 '제조자 책임'이라는 것이죠.

만약 생수가 제조되는 과정에서 어떤 유해 물질이 들어갔다고 칩

---

1 일본 문화를 '멋진 것(Cool)'으로서 국제적으로 평가받고 있다는 현상, 혹은 그 현상을 위한 일본 정부의 정책 이름. 원래 1990년대 영국 토니 블레어 정권에서 유행했던 '쿨 브리태니어Cool Britannia'란 말에서 따온 것이다. 2010년대 일본 정부에서는 쿨 저팬 자체를 '콘텐츠 수출 지원책'의 브랜드 명으로 사용하고 있다.

시다. 누가 이 제품에 대해 책임을 져야 할까요? 당연히 만든 기업이 책임져야겠지요. 만드는 이에게 악의가 없었다고 해도 제조자 책임은 분명 존재하는 것입니다. 마찬가지로 서브컬처나 팝컬처 제작에도 책임이 있습니다. 상품이니까요. 재미있는 것을 만들어야 한다는 것 외에도 모든 정치적 입장에 대해 프로파간다가 되어서는 안 된다는 책임이 따릅니다.

선정우 창작은 '프로파간다여서는 안 된다'고 하신 것이 그런 측면의 이야기였던 거군요.

오쓰카 에이지 그렇죠. '좋은 프로파간다'와 '나쁜 프로파간다'가 따로 있는 것이 아닙니다. 어떻게 보면 나치 독일 치하에서는 레니 리펜슈탈Leni Riefenstahl[2]이 '좋은 프로파간다'였을 겁니다. 1945년 8월 시점까지는 〈모모타로 바다의 신병〉도 '좋은 프로파간다'였을 거고요. 마찬가지로 전후 일본에서 공산당의 입장에 선 프로파간다는 '좋은 프로파간다'로 비춰졌을 겁니다. 요즘으로 치면 일본 자민당 측, 혹은 우익적인 프로파간다가 '좋은 프로파간다'로 받아들여지겠죠. 한국에서는 반

---

2 독일의 영화감독이자 여배우, 사진가. 파시즘 정권 하에서 베를린 올림픽 기록영화인 〈올림피아〉와 1934년 나치스 당대회 기록영화인 〈의지의 승리〉 등의 프로파간다 영화를 연출했다. 이 두 작품에서 보여준 영상 기술은 후대에 큰 영향을 미쳤으나, 나치의 협력자라는 비판을 받았다.

일反日적 프로파간다가 '좋은 프로파간다'일지도 모르고요.

선정우 저도 프로파간다 문제에 대해서 쭉 비슷한 생각을 했습니다. 하지만 한국에서는 워낙 '정치적' 입장이 중요했던 시기가 길었고, 무엇보다도 '개인의 자유를 억압하는 정부'라는, 말하자면 일종의 '절대악'이 존재했었기 때문에 그 앞에서는 다른 것들이 모두 사소한 문제일 수밖에 없었습니다. 이로 인해 창작과 프로파간다에 대한 비판적 문제 제기가 공감받기 힘들었습니다.

오쓰카 에이지 그렇군요. 일본에서도 저와 같은 입장에 서 있는 사람들이 발언할 자리가 점점 없어지고 있는 실정입니다. 인터넷이 자유로운 공간이라고는 하지만, 막상 인터넷에서 그런 입장을 표명하면 비난의 폭풍이 일어나는 건 자명하고요. 오히려 요즘에는 인터넷이 가장 거대한 억압 장치로 활용되고 있으니까요.

선정우 그렇습니다. 일본 내에서 선생님과 같은 생각을 바탕으로 한 작품이 또 있는지요?

오쓰카 에이지 제가 지브리 작품을 좋아하는 이유가 바로 그 부분 때문입니다. 애니메이션에 대한 제 비평을 읽어보시면, 제가 연구한 작품은 〈신세기 에반게리온〉(이하 〈에반게리온〉)과 지브리 작품뿐이라는 걸 알 수 있습니다. 저는 과거에 도미노 요시유키 감독과 대담을 한 적이 있습니다만, 〈기동전사 건담〉에 대해서는 거의 아무 말도 한 적이 없습니다. 왜냐하면 내용을 거의 보지 않았고, 그리 높이 평가하지도 않거든요.

제가 진지하게 비평할 만한 가치를 느끼는, 몇 안 되는 일본 작품은 신카이 마코토新海誠[3]의 작품, 〈에반게리온〉, 그리고 지브리 애니메이션입니다. 그 중에도 계속해서 논해온 것은 지브리 작품뿐입니다. 물론 지브리 작품에도 많은 문제점이 있습니다. 그래서 지브리의 장점을 거론할 때에는 동시에 문제점도 함께 지적했던 것이고요. 장점이든 단점이든 지브리 작품은 비평할 만한 가치가 있다고 할까요. 즉 지브리는 비평을 통해 맞서지 않으면 안 될 진지한 작품이라는 의미입니다. 나머지는 그저 재미있다 재미없다, 혹은 '모에'가 있다 없다, '전투 미소녀'[4]가 이렇다 저렇다 하는 것뿐입니다. 굳이 저까지 그런 내용의 글을 쓸 필요는 없으니까요.

---

3 애니메이션 작가이자 감독. 개인적으로 단편 애니메이션을 만들어 1998년 〈먼 세계〉, 2000년 〈그녀와 그녀의 고양이〉로 애니메이션상을 수상했다. 2000년 이후 회사를 퇴직하고 프리랜서 애니메이션 작가로 활동하며, 거의 혼자 작업하는 형태로 애니메이션을 만들었는데, 이중 2002년에 제작한 애니메이션 〈별의 목소리〉가 각종 상을 수상하며 큰 주목을 받았다. 대표작으로 〈구름의 저편, 약속의 장소〉(2004), 〈초속 5센티미터〉(2007), 〈별을 쫓는 아이〉(2011), 〈언어의 정원〉(2013) 등이 있다.
4 10대 소녀가 전투를 행하는 작품을 뜻한다. 만화, 애니메이션, 게임, 소설 등 다양한 분야의 창작 작품에 등장하는 캐릭터 유형이다.

선정우 〈에반게리온〉이나 신카이 마코토 작품에는 비평할 가치가 있다고 생각하시는 이유는 무엇인가요?

오쓰카 에이지 〈에반게리온〉이나 신카이 마코토 작품에는 저와 같은 시대를 살아온 이의 표현으로서 매우 공감할 수 있는 부분이 있습니다. 예컨대 안노 히데아키 감독의 〈에반게리온〉에는 인간의 결정적인 '약한 부분'이 드러나 있거든요.

TV판 마지막 부분에서 '자기계발 세미나'[5] 같은 장면이 나오잖습니까. 주인공의 자기 성찰이라는 문제를 일종의 종교적인 방식, 즉 다른 사람들에게 긍정적으로 받아들여짐으로써 주인공의 내면에 대한 해답이 나온다는 식의 뻔한 결말은 저도 비판을 했습니다. 하지만 그다음에 나온 극장판에서는 신지가 결국 아무도 없는 장소에 홀로 놓이게 되었죠. 이것은 좋은 결말이었습니다. 이처럼 안노 감독의 작품 내용은 비평할 만한 가치가 있었던 것입니다. 신카이 마코토 감독도 마찬가지입니다.

---

5 진정한 자신을 찾고 본인의 가능성을 모색하여 마음을 치유하거나 트라우마를 없애는 목적의 강좌를 통칭하여 일본에서 부르는 명칭이다. 〈신세기 에반게리온〉 TV판 25, 26화(최종화)에서 주인공 이카리 신지가 독백하면서 고뇌하다가 점점 자기 자신을 긍정하며 마음을 치유하여, 마침내 해결에 이르자 주위 사람들이 일어나 다 함께 박수를 치며 "축하해"라고 말해주는 장면이 자기계발 세미나의 모습과 일치한다고 하여 1996년 방영 당시부터 화제가 되었다.

선정우   신카이 감독이나 안노 감독의 작품은 프로파간다적이지 않기 때문에 좋아하시는 건가요?

오쓰카 에이지   그렇죠. 프로파간다로부터 도망치지는 않지만, 결코 프로파간다가 되지 않게 만든다는 의미에서 언제나 '사회적'인 작품을 만든다는 것이죠.

철저한 '자기 비평'

선정우   선생님께서 말씀하시는 '지브리 작품'이란 미야자키 하야오 감독, 다카하타 이사오 감독, 혹은 스즈키 도시오 프로듀서까지 지칭하시는 건가요? 아니면 기타 다른 감독들의 작품까지 포괄하는 건가요?

오쓰카 에이지   저는 〈코쿠리코 언덕에서〉(2011년) 각본을 쓴 니와 게이코丹羽圭子[6]라는 시나리오 라이터를 주목하고 있습니다. 해외에서는 니와 게이코에 대한 평가가 전혀 이뤄지지 않는 것 같은데요. 니와

---

6 편집자이자 각본가. 도쿠마쇼텐 출판사에서 스즈키 도시오 편집장 밑에서 애니메이션 잡지 〈애니메쥬〉의 편집자로 근무했다. 이후 스튜디오 지브리로 옮겨간 스즈키 도시오의 요청으로 1993년 TV 애니메이션 〈바다가 들린다〉의 각본을 맡은 후, 각본가로도 데뷔했다. 2006년 〈게드 전기〉에서는 감독 미야자키 고로와, 2010년 〈마루 밑 아리에티〉, 2011년 〈코쿠리코 언덕에서〉에서는 미야자키 하야오와 공동 각본

게이코는 미야자키 하야오와 가까운 각본을, 미야자키 하야오의 파트너로서 집필할 수 있는 유일한 인물인 것 같습니다. 그녀의 탁월한 각본 기술이야말로 지브리를 지탱하는 힘입니다.

선정우 〈코쿠리코 언덕에서〉는 미야자키 고로 감독의 작품이자 동시에 각본가 니와 게이코의 작품이기도 하다는 것이군요.

오쓰카 에이지 거기에 추가로 프로듀서를 맡은 미야자키 하야오의 작품이기도 합니다. 〈마루 밑 아리에티〉(2010년)는 또 조금 다릅니다. 〈마루 밑 아리에티〉 역시 또 다른 '프로듀서 미야자키 하야오'의 작품이라고 할 수 있죠. 그런데 이 작품은 사실 아이누 민족[7], 즉 '마이너리티'를 테마로 한 내용입니다. 원작인 영국의 아동문학에 등장하는 소인들을 일본 배경으로 바꾸게 되면 어떻게 되는가. 일본에서는 소인을 '코로봇쿠루'[8]라고 하여 아이누 민족의 신화에 등장하는 선주민先住民을 가리키거든요. 〈마루 밑 아리에티〉에서 '선주민인 소인들이 멸망 직전에 처해 있다'는 설정은 그야말로 아이누 민족을 포함한 마이너리티의 문제를 다뤘다는 것이죠.

---

7 일본의 홋카이도, 러시아 사할린 섬, 쿠릴 열도, 캄차카 반도 등에 거주하는 선주 수렵 민족.
8 아이누 전설에 등장하는 소인이다. 아이누 민족이 살던 땅에 그전부터 살면서 아이누와 교역을 했다는 전설이 전해진다.

그렇기 때문에 〈마루 밑 아리에티〉라는 작품은 어딘지 모르게 불쾌하게 느껴지는 것입니다. 그래서 작품을 본 사람들이 다들 어금니 속에 뭐가 낀 것처럼, 생각한 바를 똑바로 말하지 못하고 어물거릴 수밖에 없었다는 것이죠. 그 사람들은 지금까지 지브리를 '전면적으로 긍정'하지 못하고 있었던 겁니다. 특히 오타쿠나 마니아들은 지브리를 〈바람계곡의 나우시카〉나 〈천공의 성 라퓨타〉 이후로는 '전면적으로 긍정'하진 못했습니다. 그래서 가장 좋아하는 지브리 작품은 〈천공의 성 라퓨타〉라고 말하는 사람이 많죠. 〈천공의 성 라퓨타〉는 그나마 덜 정치적이었거든요. 하지만 이후의 지브리 작품은 철저하게 정치적이거나, 혹은 정치적이지는 않더라도 젊은이들에게 사회적 현실에 접근할 것을 요구합니다. 키키가 어른이 된다가 〈마녀배달부 키키〉의 주제인 것처럼 말이죠. '지금 있는 자리'에서 일어나, 여행을 떠나 어른이 되어 돌아오라, 이것이 〈마녀배달부 키키〉의 명확한 테마입니다. 자기 자신이 원래 있던 곳과는 다른 장소에서 살아보라는 것입니다.

〈이웃집 토토로〉(이하 토토로)도 마찬가지입니다. 본래 〈토토로〉와 〈반딧불의 묘〉는 세트로 비평하지 않으면 안 됩니다. 동시개봉 작품이거든요.[9] 비교해보자면 〈반딧불의 묘〉에서는 남매, 〈토토로〉에서는 자매가 등장하죠. 또 두 작품 모두 어머니가 병에 걸려 위독해집니다. 사쓰키

9 〈이웃집 토토로〉와 〈반딧불의 묘〉는 1988년에 동시개봉했다. 즉 관객이 극장에서 〈이웃집 토토로〉와 〈반딧불의 묘〉를 연속해서 같이 봤다는 의미이다.

와 메이의 세계에서는 어머니가 완쾌합니다. 하지만 〈반딧불의 묘〉에서는 어머니가 안타깝게도 죽게 되죠. 아버지도 〈토토로〉에서는 멀리 대학에 일하러 나갔지만 다시 돌아옵니다. 그런데 〈반딧불의 묘〉에서는 죽어버리죠. 또 사쓰키와 메이는 동네아이들이 '귀신 붙은 집'이라고 하는 집에 삽니다. 하지만 사실 귀신 붙은 집은 아니었죠. 〈반딧불의 묘〉에서는 두 남매가 살게 되는 작은 굴에 찾아온 동네아이들이 귀신이 산다고 말합니다. 이처럼 모든 요소가 '판타지'인 〈토토로〉와 너무나도 '리얼'한 〈반딧불의 묘〉가 플러스와 마이너스를 역전시킨 것처럼 만들어져 있는 것입니다.

즉 미야자키 하야오의 〈토토로〉에 대한 비판, 혹은 비평이 〈반딧불의 묘〉입니다. 〈토토로〉만 놓고 보면 현실도피의 판타지일 뿐입니다. 그러나 미야자키 하야오가 현실도피의 판타지를 그린 것은 아닙니다. 동시개봉된 〈반딧불의 묘〉를 관객이 동시에 봄으로써 〈토토로〉의 주제도 명확하게 드러난다는 뜻이죠. 그렇기에 세트라고 말하는 겁니다. 그래서 두 편을 동시개봉했던 것이고, 상영 순서도 〈토토로〉를 본 다음에 〈반딧불의 묘〉를 보여줬던 것입니다.

〈반딧불의 묘〉는 〈토토로〉에 찬물을 끼얹기 위해 만들어졌다고 할 수 있습니다. 그리고 〈토토로〉는 그 '찬물'을 제대로 뒤집어쓸 수 있도록, 판타지로 어린이들의 성장이나 가족 관계에 대해 긍정적으로 그린 것입니다. 말하자면 〈반딧불의 묘〉와 〈토토로〉는 현실로부터 도망치는 것이 아니라 현실에 맞설 수 있을 만큼 강해지도록 만든 작품입니다. 〈반딧불의 묘〉는 '실제로는 이렇지 않느냐'라고 현실을 보여준 것입니다. 〈반딧불의 묘〉에서는 두 남매에게 위기 상황이 발생할 때 토토로가 찾아와주지 않습니다. 두 남매를 찾아오는 것은 전투기뿐입니다. 하늘을 나는 것은 고양이버스가 아니라 폭격기입니다. 〈토토로〉의 사쓰키와 메이는 고양이버스를 타고 어머니와 아버지를 찾아갑니다. 하지만 〈반딧불의 묘〉에서 남매는 전차를 타고 자신들이 죽을 장소를 보러 갑니다. 〈반딧불의 묘〉에서는 오빠가 여동생의 머리를 빗겨줍니다. 〈토토로〉에서도 사쓰키가 메이의 머리를 빗겨줍니다. 하지만 〈토토로〉에는 사쓰키의 머리도 빗겨줄 어머니가 존재한다는 것입니다. 완벽하게 정반대로 그려져 있지 않습니까. 모든 장소가 정반대입니다. 그런 식으로 모든 요소가 대립된 채 존재합니다. 지브리는 일부러 그렇게 두 작품을 만든 겁니다.

지브리가 무시무시한 이유는 미야자키 하야오와 다카하타 이사오 두 감독이 서로에게 비판자이기 때문입니다. 〈바람 계곡의 나우시카〉의 프로듀서였던 다카하타 이사오가 〈바람 계곡의 나우시카〉가 개봉된 직후에 비판했습니다. 항상 다카하타 이사오는 미야자키 작품을 비판하고, 또 미야자키 하야오는 그 비판에 응답했습니다. 그런 식으로 다카하타와 미야자키의 긴장 관계가 이어져온 것입니다. 그리고 그 긴장 관계가 무너지지 않도록 스즈키 도시오가 대립을 잘 조정해왔습니다. 그런 의미에서 다음 지브리 작품이 내년에 동시개봉되는데 〈반딧불의 묘〉와 〈토토로〉 이후 처음 있는 일입니다.[10]

선정우　다카하타 이사오의 작품도 만들어지고 있다는 이야기는 들었는데, 동시개봉하는 것으로 결정난 것인가요?

오쓰카 에이지　아마도 그렇게 될 겁니다. 그리고 아마도 마지막 동시개봉이 되겠죠. 이번엔 다카하타 이사오가 '판타지'를 그리고, 미야자키 하야오는 '전쟁'을 그립니다.

선정우　이번 미야자키 작품에는 '전투기'가 등장한다고 하던데요.[11]

오쓰카 에이지　예. 미야자키 하야오가 2차대전을 그리고 다카하타가 판타지를 그리게 됩니다. 이번엔 입장이 역전되는 셈이죠.

선정우　〈토토로〉와 〈반딧불의 묘〉 동시개봉이 1988년이었으니까 정확히 25년 만이군요. 아무튼 그런 관계성이 있기 때문에 오쓰카 선생님은 지브리 작품을 높이 평가한다는 말씀이군요.

오쓰카 에이지　그렇습니다. 평가하지 않을 수가 없습니다. 보통 애

10　미야자키 하야오의 〈바람이 분다〉(7월 개봉)와 다카하타 이사오의 〈가구야 공주 이야기〉(11월 개봉)는 본래 2013년에 동시개봉 예정이었다. 그러나 〈가구야 공주 이야기〉 제작이 늦어져서 따로 개봉했다.
11　애니메이션 〈바람이 분다〉는 제로센 전투기를 만든 실존 인물 호리코시 지로를 모델로 하여 한국에서 큰 논란이 일었다.

니메이션 스튜디오가 내부에 이질적, 비판적인 것을 내포하긴 힘든 법이거든요. 비즈니스를 통해 회사를 거대화시키는 것 자체는 잘못된 일이 아닙니다. 실제로 지브리의 마케팅은 상당히 지독하잖습니까. 머천다이징(상품화)도 그렇고요. 로열티를 상당히 깐깐하게 책정합니다. 하지만 그 자체는 문제가 없지요.

선정우 그렇게 지독할 정도로 마케팅과 머천다이징에 철저함에도 불구하고, 한편으로는 '자기 비평'에도 철저하기 때문에 지브리를 높이 평가한다는 말씀이군요.

금기 없는 상상력

오쓰카 에이지 지브리미술관도 마찬가지입니다. 사실 미술관 자체는 그냥 부동산일 뿐입니다. (지자체의) 세금까지 투입된 건물이죠. 하지만 그 건물의 퀄리티는 압도적으로 좋습니다. 예전에 일본 정부가 세금으로 '국영 만화 카페'를 만든다는 계획을 발표했을 때 비판이 있었는데,[12] 만약 문화청에서 만들었다면 그야말로 '부동산으로서의 건물'이 되었을 겁니다.

하지만 지브리미술관은 그렇지 않죠. 크리에이터라면 누구나 완벽하게 애니메이션을 만드는 방법을 이해할 수 있도록 구성되어 있습니다. 대학에서 1년 배우는 것보다 지브리미술관에 하루 있는 것이 애니메이션 만드는 법을 더 제대로 배울 수 있을 정도니까요. 동시에 아이들은 아이들대로 재미있게 즐길 수 있도록 만들어져 있습니다. 게다가 지브리미술관에서만 개봉하는 애니메이션을 계속 발표하고 있고요. 〈토토로〉의 속편(〈메이와 아기고양이 버스〉)을 비롯하여 10여 편의 수준 높은 애니메이션을 지브리미술관에서만 개봉하고 있습니다.

또한 지브리는 도쿄도 현대미술관과 협력하여 매번 전람회를 열고 있습니다. 애니메이션이나 만화를 미술관에서 다루기 시작한 것은 2000년 이후 일본의 콘텐츠 산업 진흥 정책의 일환이기도 한데요, 사실 지브리 이전에는 제대로 된 전람회가 없었습니다. 그저 미술관에 만화를 걸었다더라, 손님이 찾아왔더라, 그래서 미술관이 흥행에 성공했다더라, 저패니메이션 만세, 이뿐이었죠. 그런 와중에 매우 수준 높은 지브리미술관의 전시 및 지브리 관련 전람회가 개최된 겁니다. 일반 팬들이 보기에 지브리 관련 전람회는 디즈니나 〈토토로〉, 혹은 특촬 소재 전시물을 볼 수 있으니 그 자체로도 즐겁지만, 창작하는 사람들에게는 어떤 식으로 디즈니와 픽사PIXAR[13], 지브리의 작품이 만들어지는지 알

12 아소 다로 정권의 국립 미디어예술 종합센터 설립 계획(2009년)을 가리킨다. 일본 문화청 소관의 국립 시설로 건설하려 했는데, 매체로부터 세금 낭비 등을 이유로 비판을 받았다. 2009년 야당인 민주당이 집권하면서 계획은 중지되었다.
13 미국의 영화사. 1986년 창립된 이후 CG 중심의 애니메이션을 다수 제작하였고, 2006년에 월트 디즈니의 자회사로 편입됐다. 대표작으로는 〈토이 스토리〉(1996), 〈몬스터 주식회사〉(2002), 〈니모를 찾아서〉(2003), 〈월-E〉(2008) 등이 있다.

수 있으니 더할 나위 없이 좋은 거죠.

지브리와 모리빌딩森ビル에서 주최한 픽사 전람회를 비교해보면 그 차이가 잘 드러납니다. 모리빌딩의 전람회에서는 픽사가 애니메이션을 어떻게 만들었는지 대중에게 전달할 생각이 없습니다. 지브리는 그렇지 않다는 거죠. 〈지브리 레이아웃 전〉(2013년 한국에서도 개최)도 마찬가지입니다. 레이아웃이라는 것은 지브리의 콘셉트 중에서도 매우 중요한 부분입니다. 또 지브리는 디즈니 전람회에서도 메리 블레어Mary Blair[14]라는 콘셉트 아트 작가의 작품도 전시했습니다. 이처럼 지브리의 전시에는 지브리나 디즈니의 '본질'을 중요시합니다. 무엇보다 지브리는 자신들의 상상력에 '터부'가 없습니다. 특히 이번에 도쿄도 현대미술관에서 지브리가 주최한 특촬전[15]은 압권이었습니다.

저는 특촬전에서 안노 히데아키 감독의 〈거신병 도쿄에 나타나다〉[16] 라는 SFX 단편영화를 보고 충격을 받았는데요. 바로 작중에서 도쿄가 불바다가 되고 괴멸하는 과정에 버섯구름이 올라가는 장면때문입니다. 핵폭탄 버섯구름인 거죠. 세계가 전부 불타버리고 핵폭탄 구름이

---

14 1939년부터 디즈니 스튜디오에서 색채 담당으로 일했다. 대표작으로는 〈신데렐라〉(1950), 〈이상한 나라의 앨리스〉(1951), 〈피터팬〉(1953), 〈잠자는 숲 속의 미녀〉(1959) 등이 있다.

15 정식 명칭은 〈관장 안노 히데아키 특촬 박물관 : 미니어처로 보는 쇼와 · 헤이세이의 기술〉이다. 도쿄도 현대미술관과 닛폰 TV는 스튜디오 지브리의 기획. 협력 하에 2003년부터 매년 애니메이션과 관련된 각종 기획전을 개최했는데, 10년째가 되는 2012년 7월 '특촬'을 테마로 한 전람회를 개최한 것. 〈신세기 에반게리온〉의 감독 안노 히데아키가 관장을 맡아 직접 기획에 참여했다.

16 2012년 7월에 공개된 9분 분량의 특촬 단편 영화. 감독 히구치 신지, 각본 안노 히데아키.

올라간다는 것은 3·11 동일본 대지진 이후 일본에서는 절대로 그려서는 안 되는 것입니다. 3·11 피해자들과 이재민들에게 상처가 되니까요. 치유하는 내용의 작품만 그려야 한다는 암묵적 합의에 의해 그런 작품만 만들어졌던 거죠. 하지만 지브리는 태연하게 핵의 불꽃 속에 불타오르는, 괴멸하는 도쿄를 그렸습니다. 지브리는 자신들의 상상력에 일체 터부나 선입관을 두지 않았습니다. 다시 한번 지브리가 무시무시하다는 걸 깨닫게 되었지요.

선정우 〈코쿠리코 언덕에서〉의 LST[17]도 그런 맥락일까요?

오쓰카 에이지 그렇죠. 우경화된 일본에서 LST를 그린다는 것도 대단한 일임에 틀림없습니다. 최근에 NHK에서 LST 관련 특집을 만들려고 시도했다가 단념하기도 했거든요. NHK에서도 그런 전쟁 관련 보도를 기획할 때 자민당 측으로부터 압력을 받습니다. 처음에는 LST와 지브리를 연결 지어 다큐멘터리를 만들자는 기획이었다는데, 결국 NHK는 그 기획을 중단시켰습니다. 그 말은 곧, 지브리는 이런 시대 분위기 속에서 작중에 LST를 그린다는 것이 어떤 의미인지 알면서도 그려냈

---

17 전차양륙함(tank landing ship)의 약자이다. 일본은 1945년 2차대전 패전 후 전쟁에 참전할 수가 없었으나, 1950년 한국전쟁이 발발하면서 일본을 전략적 기지로 사용한 미국에 의해 군사적 작전을 시행하게 되었다. 그때 해상 운송 등에 LST를 사용한 것으로 알려져 있다. 2011년에 국내 개봉한 애니메이션 〈코쿠리코 언덕에서〉에서 LST에 관한 에피소드가 갑작스럽게 등장하지만, 일본이나 한국에서 이에 대해 주목하는 이는 거의 없었다.

다는 거죠. 그들은 자신들의 의지를 관철시킨 겁니다. 표현해야 할 것은 반드시 표현한다, 하지만 그것이 어떤 형태로든 프로파간다는 아니라는 겁니다.

그 작품을 보고 LST가 신경이 쓰였다, 혹은 불쾌했다, 위화감을 느꼈다고 한다면, 그 사람들은 LST에 대해 알아보겠죠. 그러다 보면 지브리를 '비국민'적이라고 비난하는 사람이 나올지도 모릅니다. 하지만 한국전쟁 당시 일본이 그런 식으로 병기를 운송했다는 건 분명한 사실입니다. 일본은 그때 이미 전쟁에 참가하고 있었고, 따라서 일본의 '평화헌법'이 그 시점에 실효되었다고도 할 수 있다는 말입니다. 그런 사실을 직면했을 때 전후 일본이 얼마나 미국의 속국이었는지를 알 수 있는 계기가 되는 것입니다. 하지만 지브리는 그런 부분까지도 관객의 윤리성에 맡겨버립니다. 제가 〈메카데미아〉 학회 기조강연 때의 논쟁에서 불쾌하게 느꼈던 점은, 관객이나 독자 등 '수용자'의 윤리성에 관해 문제 삼는 사람이 없었다는 것입니다. 작가에게 정치적이 되라거나 사회적이 되라는 식의 말은 많이 하지만, 사실은 수용자야말로 윤리적이어야 하는 것입니다.

그들(〈메카데미아〉 기조강연에서의 토론자들)은 작품과 작가가 사회적이어야 한다고 말했습니다. 하지만 수용자가 사회적이고 윤리적이어야 그 어떤 프로파간다도 성공할 수 없게 되는 겁니다. 자기 내면에 윤리성이 없을 때 타인의 프로파간다에 휩쓸리거나, 아니면 프로파간다를 비판하게 되는 겁니다. 그렇게 양자택일의 선택밖에 할 수 없는 것이죠. 지브리는 관객에게 윤리적이 되기를 요구합니다. 지브리가 미움받는 이유는 바로 그런 엄격한 메시지 때문인 것이죠.

선정우 확실히 '작가의 책임', 혹은 '작가의 윤리성'에 대해서는 자주 논의가 되지만, 독자나 관객이 윤리적이어야 한다는 말은 자주 나오지 않는 것 같습니다.

오쓰카 에이지 그렇습니다. 예를 들어 일본에 15년전쟁[18] 기간 중 파시즘 시대가 있었죠. 하지만 동시에 일본은 민주주의 시스템이기도 했습니다. 쇼와 시대 초기에 보통선거를 성공시켰으니까요.[19] 그리고 영화법[20]도 만들어졌습니다. 하지만 중요한 것은 전쟁을 예찬하는 영화를 만든 것은 국가가 아니라 영화사의 자발적인 행위였다는 점입니다. 왜냐하면 그런 영화가 잘 팔렸으니까요. 국민들이 좋아했습니다. 엄밀하게 말하자면, 당시 일본의 영화법을 통해 강제 상영되었던 것은 소위 '문화영화'[21]라는 다큐멘터리나 교육 영화뿐이었습니다. 전쟁을

---

18 1931년 만주사변부터 1945년 포츠담선언 수락으로 인해 태평양전쟁 종결까지 약 15년에 걸친 분쟁 상태 및 전쟁을 통칭하는 일본 용어다.

19 일본에서는 1925년에 보통선거법이 제정되었다.

20 1939년 일본에서 제정된 영화에 관한 법률. 1935년 이후 총력전 태세를 구축하기 위한 군국주의 정책의 일환으로 만들어졌다가 패전 후인 1945년 12월에 폐지되었다.

21 본래 의미는 극영화가 아닌 영화를 뜻하는 분류상의 명칭인데, 나치스 독일 및 대일본제국이 문화 통제를 위해 만들었던 프로파간다 영화 장르를 가리키는 단어로 사용되었다.

예찬하는 영화는 법률에 의해 강제되지는 않았습니다. 그런 전쟁 예찬 영화를 (굳이 강제하지 않더라도) 관객들이 보러 갔거든요. 당연히 관객이 오니까 영화사는 기쁘게 그런 영화를 만들었던 것이죠. 최근 10여 년 간 전쟁을 긍정하는 일본 영화가 꽤 만들어졌는데요. 그것도 히트하니 까 만들어지는 것이지 않습니까. 그렇기 때문에 관객의 윤리성이 중요 한 것입니다.

5장

창작과
프로파간다

선정우 1990년대 한국에서는 팬들을 중심으로 애니메이션 〈반딧불의 묘〉에 관한 논쟁이 있었습니다. 당시에는 이 작품이 국내 개봉되기 전이었기 때문에 대중적으로 널리 알려지지 않아 그 규모는 크지 않았습니다. 하지만 일본에서 '가상 역사물'이 계속 만들어지고 있다보니 지금도 그때와 유사한 논쟁이 이어지고 있습니다.

오쓰카 에이지 요즘에도 가상 전기戰記물이 만들어지고 있으니까요.

선정우 200만 명, 300만 명의 관객을 동원한 〈센과 치히로의 행방불명〉, 〈하울의 움직이는 성〉과 같은 예외는 있지만 아직까지 일본 애니메이션이 국내에서 대중적이라고 하기는 어렵기 때문에, 기본적으로 그런 논쟁은 한국 내의 오타쿠층에 국한된 것이었다고 할 수 있습니다. 다만, 2007년 『요코 이야기』라는 책이 미국 교과 과정에서 다뤄지고 있다는 뉴스가 나오면서 일본의 역사 인식에 관해 크게 논란이 일어났던 적이 있습니다.

『요코 이야기』는 일본계 미국인 요코 가와시마 왓킨스Yoko Kawashima Watkins가 쓴 자전적 소설로, 한국에서는 2005년에 번역 출판되었습니다. 일본어판은 아직 출간되지 않았는데,[1] 그 이유가 책의 내

---

1 이 인터뷰 이후 『요코 이야기』의 일본어판은 2013년 『대나무숲 아득히 멀리 – 일본인 소녀 요코의 전쟁 체험기』라는 제목으로 출간되었다.

용이 전반적으로 일본 정부를 비판하고 일본의 전쟁 책임을 논하기 때문이라는 말도 있습니다. 국내에서 논란이 일었던 이유는 요코 씨의 가족이 겪은 일이라는 내용 때문인데요. 2차대전 이후 만주에서 한반도를 거쳐 일본으로 귀국하는 요코 씨의 가족을 비롯한 일본인들이 당시 조선인들에게 살해당하거나 성폭행당했다고 묘사되어 있습니다. 그러다 보니 큰 논란이 일어났고 저자 요코 씨의 답변이 국내 매체에 실리기도 했습니다('『요코 이야기』 저자 일문일답', 〈중앙일보〉 2007년 2월 3일자).

어쨌든 『요코 이야기』의 논란은 서브컬처 팬 사이에서만 일어났던 〈반딧불의 묘〉 논쟁과 달리, 일본의 역사 인식이 본격적으로 대중적으로 부상한 계기가 되었다고 할 수 있습니다. 일본 소설이 한국 출판계에서 큰 인기를 끌면서 최근에는 미스터리, SF 등 장르문학까지도 수입되기 시작하였고, 만화, 애니메이션, 게임 등의 분야에서도 여전히 다양한 작품이 수입되고 있으니 이런 논란은 향후에도 있을 수 있다고 봅니다.

마니아들 사이에 일었던 논란 중에는 애니메이션 시리즈 〈공각기동대 S.A.C. 세컨드 기그攻殻機動隊 S.A.C. 2nd GIG〉[2](가미야마 겐지 감독, 2004~2005년 작)도 있었습니다. 작품의 기본적인 콘셉트는 일본 정부

---

2 시로 마사무네士郎正宗 만화 원작의 SF 애니메이션. 첫 번째 시리즈는 2002년, 두 번째 시리즈인 〈세컨드 기그〉는 2004년에 방송되었다. 오시이 마모루의 극장판 〈공각기동대〉와 캐릭터는 같지만 스토리와 설정이 다르다.

의 외국인 노동자 정책이나 전쟁 그 자체에 대해 비판하는 내용입니다. 즉 〈반딧불의 묘〉와 마찬가지로, 일본에서는 상대적으로 '우익'의 주장에 대해 비판적인 입장으로 만들졌다고 할 수 있는데요. 그럼에도 불구하고 한국 입장에서 보면 기분 나쁘게 받아들일 수 있는 부분이 있다는 것이죠. 한국이 붕괴되어 중국에 합병되었다는 표현이 직접적으로 나오는 것은 아니지만, 중국이 연관된 세계대전이 있었고 그로 인해 많은 난민이 일본으로 유입되었다는 설정이 있습니다. 이것은 일본에서 자주 논의되는, 향후 한국이 중국에 흡수 통합되고 그 과정에서 발생한 북한이나 한국의 난민들이 일본에 대거 유입되지 않을까 하는 걱정과 연계시켜 생각할 수 있는 미래 설정이라는 겁니다. 게다가 한국이 중국에 흡수 통합될 수 있다는 것은, 비단 〈공각기동대 S.A.C.〉뿐 아니라 다른 일본 작품에도 꽤 자주 등장하는 설정이라서 문제시되는 것입니다.

이처럼 일본에서는 좌파적이라고 비판받는 작품이 한국에서는 우파적이라고 받아들여지는 상황이 아이러니하지 않나 싶습니다.

오쓰카 에이지　그건 다카하타 이사오 작품도 그렇지요.

선정우　선생님께서는 여러 강연에서 '페이크 히스토리fake history'라는 용어를 사용하셨는데요. 일본에서도 페이크 히스토리를 다룬 작품이 여럿 있는 걸로 알고 있습니다.

오쓰카 에이지　그렇습니다. 저도 지금까지 쭉 페이크 히스토리를 다뤄왔습니다.

선정우　선생님의 작품 중 『저팬JAPAN』(1993)[3]이라는 만화도 페이크 히스토리물이지요?

오쓰카 에이지　기본적으로 제 작품은 모두 페이크 히스토리입니다. 『마다라』에는 일부러 연표를 만들어 넣기까지 했습니다. 그때 저는 『마다라』를 본 독자들 중에 2차 창작(패러디)을 하려는 이들이 많이 생기고, 다수의 『마다라』 동인지가 나올 거라고 기대했습니다. 2차 창작 활동을 촉진시키기 위해서는 먼저 세계관을 만들어야 하는데, 그때 세계관 안에 모순점을 만들어두는 겁니다. 그 당시에는 그런 모순점에 빠져들게 되면 2차 창작이 잔뜩 나올 수 있는 분위기였어요. 그래서 일부러 파탄된 부분이나 모순점을 집어넣은 연표, 지도 등을 만들었던 겁니다. 이야기에도 1부와 2부 사이에 2년간의 공백 기간을 만드는 등 2차 창작으로 이어질 수 있는 지점을 많이 만들었죠.

3　오쓰카 에이지가 원작을 맡고, 이토 마미가 그림을 그린 만화이다. 2000년대 초반 헌법을 개정하고 재무장한 일본이 아시아 각지에서 일어난 전쟁에 군대를 파병하고, 만화, 애니메이션, 게임 등의 서브컬처 산업을 통해 미국과 유럽까지 석권하여 경제권을 쥐게 되지만 세계 전쟁에서 패한 이후 사실상 '소멸'해버린다는 설정의 작품이다.

선정우 〈신세기 에반게리온〉[4]도 파탄된 설정이나 세계관이 있는데, 바로 그러한 이유로 히트를 했다는 분석도 많이 나왔죠.

오쓰카 에이지 그렇습니다.

선정우 하지만 그런 부분을 이해하지 못한 채 비판을 하는 경우도 많습니다. 이른바 '역사 의식을 가벼이 여기는 듯한 일본 작품'에 대한 비판이지요. 가장 대표적인 것이 애니메이션 〈반딧불의 묘〉에 대한 반응입니다. 일본에서는 다카하타 이사오 감독이 좌익으로 유명하기 때문에 〈반딧불의 묘〉도 일본의 비참한 패전 상황을 그린 '자학사관'이라는 반응이 있었습니다. 그러나 한국에서는 일본이 전쟁의 가해자였음에도 불구하고 마치 피해자처럼 그려서 전쟁에 대한 책임을 면하려는 것이 아닌가 하는 비판이 존재합니다. 동일한 작품을 가지고 정반대의 입장에서 창작자를 비판하는 거죠.[5] 또한 한국에서의 그런 비판이 일본 작품을 잘 모르는 일반 대중보다 오히려 일본 작품을 선호하고 자주 접하는 쪽에서 더 많이 나온다는 것에도 주목할 필요가 있습니다.

---

4 . 1995년부터 1996년까지 일본에서 방영된 TV 애니메이션. 1990년대 일본 애니메이션을 대표하는 작품 중 하나로, 90년대 이후 일본에 새로운 애니메이션 붐을 일으킨 화제작이다. 애니메이션 제작사는 가이낙스이고 감독은 안노 히데아키가 맡았다. 1997년부터 1998년까지 세 편의 극장판 애니메이션이 제작 · 상영된 바 있다. 2007년부터는 리메이크 신작을 다시 만들고 있는데, 〈에반게리온 신극장판〉이라는 제목으로 2012년 제3편 〈에반게리온 신극장판 : Q〉가 나왔고 현재 완결편인 〈신에반게리온 극장판 :‖〉가 제작 중이다.

그러한 현상은 비단 〈반딧불의 묘〉라는 특정 작품에 대해서만 일어나고 있는 일도 아닙니다. 한국에 수입된 애니메이션 중 〈코드 기어스〉[6]나 〈기동전사 건담 SEED〉 등 최신 작품에서도 비슷한 논란이 발생했거든요. 〈코드 기어스〉는 가상의 일본이 가상의 미국에게 '식민지'화되었다는 설정(페이크 히스토리)인데, 이는 일본 내의 우익적 성향의 관객에게는 자학사관으로 보이고, 한국의 관객들에게는 일본을 피해자 입장에서 그려 가해자로서의 일본을 희석시키려는 시도로 보일 수도 있는 겁니다. 아무튼 한국 관객 입장에서는 그다지 유쾌한 내용은 아니었던 거죠.

오쓰카 에이지 그게 바로 문화가 국경을 넘는다는 것입니다. 전혀 다른 맥락으로 읽히는 거죠. 창작자는 그런 부분을 각오하지 않으면 안 됩니다. 설령 다카하타 이사오 감독이 좌익 입장에서 〈반딧불의 묘〉를 만들었다고 해도, 말씀대로 다른 아시아 국가에서 보면 일본을 피해자

---

5 2013년 국내 개봉한 미야자키 하야오의 〈바람이 분다〉에 대해서도 비슷한 논란이 한일 양국에서 일었다. 일본이 자랑하는 전투기 '제로센'이 추락하는 모습을 그리고, 일본이 일으킨 전쟁을 비판하는 메시지를 담은 이 작품에 대해 일본 우익은 미야자키 하야오의 좌파적 성향과 관련지어 비판을 가했다. 하지만 한국에서는 제로센 제작자를 주인공으로 삼아 일본이 일으킨 전쟁에 대한 자성 없이 전투기만 만드는 내용에 대해 전쟁 책임을 무시하려는 처사라는 비판이 일었다.

6 2006년 10월~2007년 3월에 TV 방영된 일본의 SF 로봇 애니메이션. 2008년 4월~9월에는 후속편인 〈코드 기어스 : 반역의 를르슈 R2〉가 TV 방영되었다. 감독은 다니구치 고로, 캐릭터 원안은 만화가 집단 CLAMP(클램프)가 맡았다.

처럼 보이게 하는 완전히 다른 맥락으로 읽힐 수 있습니다. 그런 맥락 속에 자신의 작품이 놓이게 되는 자체를 각오하는 것이야말로 문화가 국경을 넘는다는 의미라 할 수 있습니다. 다카하타 감독 역시 그러한 반응만으로 자신의 작품이 부정당했다고는 생각하지 않을 겁니다.

저의 작품 『저팬』도 마찬가지입니다. 저는 일부러 작품을 정치적인 내용으로 풀어냈습니다. 20년 전의 작품이지만 현실은 지금도 크게 다르지 않구나 싶습니다. 그때 연표에 써놓은 내용과 이후 지금까지의 실제 역사가 말이죠. 어떤 의미에서는 지금의 상황과 상당 부분 연결되어 있다고도 생각합니다.

픽션 속에 틈새 만들기

선정우 『저팬』은 1993년에 발표된 작품으로 일본이 식민지가 되고 아시아에 변화가 일어나 중국이 분열된다는 설정입니다. 1992년 작품인 『도쿄 미카엘』[7]은 '닫혀버린 도쿄'라는 설정이고요. 이러한 설정은 비슷한 시기에 일본에서 발표된 다른 작품들에서도 상당수 발견

---

7 오쓰카 에이지가 원작을 맡고 쓰쓰미 요시사다가 그림을 그린 만화이다. 도쿄가 거대한 벽으로 둘러싸여 출입이 봉쇄되어 있다는 설정으로, 17세의 소년들이 '교사'라고 불리는 어른들과의 싸움에서 살아남고자 하는 과정을 그렸다. 18세가 될 때까지 살아남으면 벽 바깥으로 갈 수 있다는 내용이다.

할 수 있는데요. 예를 들어 애니메이션 〈공각기동대 SAC〉나 〈코드 기어스〉(아시아가 분열된다는 설정)가 그렇고, 혹은 〈라제폰〉[8]이나 〈강철신지그〉[9](도쿄나 규슈 등의 지역이 외부 세계와 단절된다는 설정) 등이 그렇습니다. 어째서 선생님은 그 시기에, 그런 설정의 작품을 만들게 되었는지 궁금합니다.

오쓰카 에이지   그 당시 나카가미 겐지中上健次[10]의 『남회귀선南回歸船』[11]을 보고 정치적인 소재의 세계관을 작품으로 만들 수 있겠다고 생각했습니다. '정치적인 메세지'를 담는다기보다 '정치적인 소재'를 다룬 작품으로 말이죠. 나카가미 겐지가 페이크 히스토리를 다루려 했던 것은 독자들이 '큰 이야기大きな物語'(거대서사)를 향해 가려는 욕망이 있었기 때문입니다. 나카가미는 큰 이야기를 향해 가려는 욕망 속에 작품이 부서지고 파탄난다는 것을 보여주었습니다.

꼭 똑같은 방식을 취하려 했던 것은 아니지만, 나카가미 겐지의 경

---

8   2002년 1월에서 9월까지 방영된 SF 로봇 애니메이션. 2003년에는 〈라제폰 다원변주곡〉이라는 제목으로 극장판 애니메이션이 개봉되었다.
9   2007년 4월에서 7월까지 방영된 일본의 SF 로봇 애니메이션. 『마징가Z』, 『데빌맨』 등으로 유명한 만화가 나가이 고 원작으로 1975년에 TV 애니메이션으로 제작된 〈강철 지그〉와 관련된 작품이다.
10   일본의 소설가. 1976년 아쿠타가와 상을 수상했다. 그의 소설 중 다수는 일본의 혼슈 남단 태평양에 면한 기슈 지역의 구마노를 무대로 한 토착적인 작품 세계를 보여줬는데, 그것들을 '기슈 사가'라고 통칭하기도 한다.
11   나카가미 겐지의 원작을 바탕으로 만들어진 만화. 『남회귀선』은 적도 남쪽에 있는 위선을 뜻하는 '南回歸線'이 아니라, '南回歸船', '배 선船' 자를 쓴다.

험을 제 작품을 창작하면서 이해해보려고 했습니다. 결국 『남회귀선』
의 영향이 강했다고 말할 수 있겠지요. 그런 의미에서 『도쿄 미카엘』과
『저팬』은 (일본의) '전후戰後'를 다루고자 한 작품이라 할 수 있습니다.

선정우 『도쿄 미카엘』도 그런 사례였군요.

오쓰카 에이지 『도쿄 미카엘』은 말하자면 저의 짓궂은 장난이었다
고 할 수 있습니다. 이 작품을 만들게 된 계기랄까, 오에 겐자부로大江健
三郎의 초기작 『봉오리 따기, 아이 쏘기芽むしり仔撃ち』[12]라는 작품이 있습
니다. 아이들이 작은 마을에 갇혀 아이들만의 세계를 만들었다는 내용
인데요. 그러다가 그 세계가 단기간에 붕괴됩니다. 윌리엄 골딩의 『파
리 대왕』 같은 작품이랄까요. 오에 겐자부로는 그것을 '전후 일본=닫
혀진 세계'의 상징으로 그린 것이죠. 저는 그것을 다시 한 번, 일종의
전후 문학론으로 그리고 싶었습니다. 물론 독자들은 단순한 엔터테인
먼트로 받아들이면 됩니다. 제가 그때 어떤 생각을 갖고 있었는가 하
면, 독자가 오에 겐자부로를 모르고 지나가도 상관은 없지만, 만약 어
느 순간에 오에 겐자부로에 대해 알게 되면 자신이 지금까지 읽었던
만화가 단숨에 전혀 다른 문맥으로 이행되는 경험을 하길 바랐습니다.

---

12 1958년에 출간된 장편소설. 태평양 전쟁 말기를 배경으로, 전쟁통에 산속으로 집단 소개疎開된 소년들이
겪는 일을 그린 작품이다.

『저팬』
(오쓰카 에이지 작·이토 마미 그림,
가도카와쇼텐, 2000년 복간판)

그런 여지를 남겨두고 싶었던 거죠.

그런 생각에서 가까운 미래를 시뮬레이션 해본 연표를 『저팬』에 만들어 넣었던 것입니다. 일본에 보수정당이 대두한다거나 아시아에서 일본이 고립된다는 식으로요. 마치 지금 일본이 처한 현실과 크게 다를 바 없는 세계를 그렸던 거지요. 이런 장치를 단 한 명의 독자라도 눈치 채게 되면, 그 사람에게는 픽션 속에 어떤 틈이 벌어지게 되는 거죠. 제가 스튜디오 지브리의 작품을 높이 평가하는 이유도 이와 마찬가지입니다. 〈코쿠리코 언덕에서〉에 LST(전차양륙함)가 등장하지만, 대부분의 사람은 (그 배가 LST라는 사실을) 눈치채지 못했을 겁니다. 그럼에도 작중에 그려놓았습니다. 몇 명일진 몰라도 눈치채는 사람이 분명 있을 테니까요. 그것을 깨닫는 순간 경악하게 되겠죠. 갑자기 작품의 세계관이 바뀌기 때문이죠. 지브리의 달콤한 세계에서 '한국전쟁'(이라는 현실)으로 연결되니까요.

페이크 히스토리는 말하자면 '닫힌 세계'인데, 그런 세계가 붕괴해버리는 겁니다. 그러니까 서브컬처나 '정크junk'(폐품)로서 본래의 문맥에서 떼어놓은 것이 페이크 히스토리이지만, 동시에 본래의 역사와 문맥으로 돌아갈 수 있는 여지를 남겨놓을 수도 있는 겁니다. 그런 생각으로 『도쿄 미카엘』에 에토 준, 오에 겐자부로, 미시마 유키오 등을 등장시켰던 것이죠. 그 작품의 주인공들이 에토, 오에, 미시마에 해당된다는 사실을 독자들은 전혀 느끼지 못할 겁니다. 하지만 그 사실을 깨닫고 나면 작중에서 그 세 명의 관계를 보다 더 잘 이해하게 되겠죠. 그런 다음 『봉오리 따기, 아이 쏘기』를 읽고 "아, 이런 이야기를 하고 싶었던 것이구나"라고 느끼게 되면 이후부터는 만화 속에서 문학을 읽어낼 수도, 혹은 아예 문학을 읽을 수도 있겠죠.

즉 정크로서 '패치워크patchwork'를 할 것인가, 서로 다른 문맥으로 가는 길을 남겨둘 것인가는 둘 다 방향성은 같지만, 전략의 차이랄까요. 예를 들어 〈기동전사 건담〉[13] 제작진은 시청자들을 팔레스타인으로 이끌려는 생각을 하지 않았습니다.[14] 야스히코 요시카즈[15]등 〈건담〉 제작에 참여한 사람들은 이후 어떤 정치적인 태도도 취하지 않았습니다. 하지만 저의 경우 1990년대 이후 다들 생각하길 꺼려하던 미야자키 쓰토

無宮崎勤 사건에 지속적으로 관련해왔기 때문에, 독자들은 제 작품을 보면서 오타쿠 문제와 사회와의 관계를 의식하지 않을 수 없게 되었습니다. 제가 오타쿠 문제에 대해 발언하는 이상 제 원작 만화를 읽는 독자들은 만화 속 달콤한 세계에 온전히 빠져들 수 없는 거죠. 우연이긴 하지만 제가 『다중인격 탐정 사이코』[16]를 연재하고 있는 사이에 미야자키 쓰토무 사건에서 다중인격 판정이 나오기도 했으니까요. 즉 현실과 픽션 양쪽 영역 모두에 한 발씩 걸쳐둠으로써 오히려 현실이 픽션의 영향을 받는, 말하자면 '픽션의 벽을 뛰쳐나와버리는 일'이 발생하는 것입니다.

제가 자위대 파병에 반대하여 재판에 서게 되면[17] 저의 독자들은 라이트노벨의 세계에 그대로 머물러 있을 수 없게 됩니다. 제 작품을 읽

13 1979~1980년에 방영된 TV 애니메이션의 제목이자, 최근까지 30년 넘게 이어지고 있는 건담 시리즈의 첫 번째 작품을 말한다. 종래의 로봇 애니메이션과 비교할 때 실제 전장을 묘사한 것처럼 밀리터리적이고 리얼리티가 강조된 내용으로 1980년대 이후 일본 애니메이션에 큰 영향을 미쳤다. 감독은 도미노 요시유키.

14 일본 내에서 〈기동전사 건담〉에 대해 논의가 된 것은 작중에 등장하는 지온군, '지오니즘'(시오니즘과 비슷) 등의 설정이나 군복의 형태가 2차 세계대전 당시 나치스 복장과 비슷하다는 점 뿐이고, 본격적으로 팔레스타인 문제에 관해서는 다뤄지지 않았다. 말하자면 그저 '밀리터리 마니아'들의 취향에만 머물러 있는 건 아닌가 하는 비판이 있었는데, 오쓰카 에이지의 이 발언은 그런 배경 위에서 이해해야 한다.

15 애니메이터이자 캐릭터 디자이너, 만화가. 현재 고베예술공과대학 미디어표현학과 교수로 재직 중이다. TV 애니메이션 〈기동전사 건담〉(1979)의 캐릭터 디자이너으로 이름을 알렸다.

16 오쓰카 에이지가 원작을 맡고 만화를 다지마 쇼가 그림을 그린 일본의 인기 만화. 시리즈 누계 900만 부가 판매되었으며, 잔혹한 묘사로 일본 각 지역에서 2006~2008년 사이 유해도서로 지정되기도 했다.

17 오쓰카 에이지는 2004~2008년에 진행된 '자위대 이라크 파병 중지 소송 모임'에 참가하여 2005년 9월 9일 재판에서 법정 진술도 하는 등 적극적으로 나섰다. 이 재판은 2008년 항소심에서 '헌법 위반'이라는 사실상 승소 판결이 나왔는데, 이 사건에 관해 변호단 사무국장과 오쓰카 에이지가 공저로 『'자위대 이라크 파병 중지 소송' 판결문을 읽다』라는 책을 2009년에 출간하기도 했다.

는 것을 그만두거나, 아니면 어쩔 수 없이 세상에는 그런 부분도 존재
한다는 것을 인정하거나, 최소한 둘 중에 하나를 선택할 수밖에 없겠죠.

크리에이터의 비평

선정우 『저팬』에 실린 연표에도 한국이 중국에 흡수된 것으로 나
와 있는데요. 이렇게 설정하신 이유와, 그런 설정을 통해 어떤 이야기
를 하고 싶으셨는지 궁금합니다.

오쓰카 에이지 앞서 잠깐 언급했듯이 첫 번째 이유는 페이크 히스
토리라는 개념을 만화 속에 도입하고 싶어서였습니다. 제가 만든 『마
다라』를 비롯하여 그 전후에 만든 작품들은 기본적으로 가공 세계 속
의 페이크 히스토리였습니다. 그래서 『저팬』 역시 마찬가지고요. 그때
어떤 정치적 입장에서 보더라도 납득할 수 없는 내용으로 만들어야겠
다고 생각했죠. 특정 역사관이나 특정 입장에 서게 되면 그건 곧 프로
파간다가 된다는 의미니까요. 이것은 제가 구조에 관해서만 논할 뿐 내
용에 관해서는 논하지 않는 이유이기도 합니다.
　저는 지금까지 2차대전 이전이나 도중에 만들어진 프로파간다 애
니메이션에 관해 연구를 해왔습니다. 〈모모타로 바다의 신병〉[18]의 기법
은 매우 훌륭합니다. 오늘날의 일본 애니메이션이 그 시절의 기법을 계

승하고 있을 정도니까요. 그러나 동시에 그 작품은 내용적으로는 프로파간다 애니메이션이었습니다. 즉 그런 훌륭한 기술을 가지고 무엇을 만드는가가 중요하다는 말입니다. 그 '무언가'란 누가 갖다준 것이 아니라 크리에이터의 내면에 있는 것입니다. 만약 크리에이터 본인이 마르크스주의자이거나 애국자라고 생각한다면 그걸 그려도 됩니다. 하지만 스스로 자각하지 못한 채 타인의 입장을 반영하는 것은 올바른 창작법이 아니라고 생각합니다.

선정우　그럼 작가가 스스로 생각한 내용이라면 프로파간다 작품을 만들어도 좋다는 입장이신가요?

오쓰카 에이지　별 수 없는 거죠. 거기까지 부정할 순 없습니다만, 그것이야말로 '불행한' 창작이지요. 프로파간다라는 것은 누군가의 입장에 서서 누군가를 대변하는 행위입니다. 만약 한국인들이 자국을 사랑하여, 한국을 사랑하는 마음으로 만화를 만든다면 그것은 프로파간다가 아닙니다. 그러나 만약 애국심을 고취하려는 정부 방침이 존재하고, 그 방침에 얹혀가는 식으로 만화를 그린다면 그건 프로파간다입니

18　일본 해군성이 1944년 2차 세계대전 중에 제작한 국책 애니메이션 영화다. 개봉은 1945년 4월 12일, 일본 항복 4개월 전에 이루어졌다. 일본 최초의 장편 애니메이션 영화인 〈모모타로의 바다독수리〉(1943)와 시리즈라고 할 수 있는데, 일본 해군 낙하산부대의 활약을 그린 이 작품은 거액의 제작비와 100명 가까운 인원을 동원하여 제작했다.

다. 물론 작가의 개인적인 생각이라 하더라도 사회 전체의 흐름이나 정치와 무관하지 않은 법입니다. 그렇기 때문에 정치적인 테마를 다룰 때에는 리스크가 따르는 것입니다. 본래 서브컬처는 세상의 모든 것을 의심할 수 있다는 것을 독자에게 보여주어야 합니다.

『저팬』도 마찬가지입니다. 저는 일본에서 서로 정반대되는 말들을 들어왔습니다. 우선 1990년대 이전에는 우익이라는 말을 들었습니다. 1990년 이후로는 좌익이라는 말을 듣고 있지요. 그런데 재밌는 건 제 정치적 입장은 변하지 않았다는 겁니다. 전후 일본 헌법을 긍정하지만 마르크스주의자는 아니라는 것이 기본적 입장입니다. '사회주의 혁명'이라는 것에 대해 기대도 희망도 갖고 있지 않습니다. 자본주의 시스템을 긍정하고 있죠. 다만 그 자본주의 시스템의 문제점이나 결점에 대해서는 수정해가자는 쪽입니다. 굳이 분류하자면 '사회민주주의'적인 입장이라는 이야기죠. 그런데 그 '사회민주주의적 입장'이 1980년대 일본에서는 우익으로 받아들여졌던 겁니다. 그리고 요즘 세상은 신자유주의가 주류이다 보니 사회민주주의가 극좌로 보이는 것이죠. 그것이 저 개인의 정치적 입장입니다. 하지만 저의 정치적 입장을 『저팬』에 집어넣는 것은, 그야말로 '있을 수 없는 일'입니다.

저는 『저팬』을 통해 어떤 정치적 입장에서 보더라도 위화감이 느껴지는 역사를 보여주고자 했습니다. 좌익 쪽에서 보면 마치 천황을 긍정하는 것처럼 보일지도 모릅니다. 하지만 그 작품에 그려져 있는 천황은 '레플리카replica'입니다. 가짜 천황이라는 말이죠. 우익 쪽에서 봤을 때는 천황이 레플리카라는 설정이 불쾌할 겁니다. 마찬가지로 일본이 소멸했다는 작품의 배경 설정을 다른 아시아 국가에서 본다면 사필귀 정이라고 생각할지도 모르지만, 아시아에 관한 설정에 대해서는 불쾌하게 느껴질 것입니다. 즉 어떤 나라, 어떤 민족, 어떤 정치적 입장에서 보더라도 위화감이 느껴질 것이라는 말이죠. 저는 그런 가공의 역사를 그리고 싶었습니다.

하지만 제가 가공의 역사에 대해 비판적인 이유는, 작가나 작가가 속한 그룹의 정치적 욕망을 충족시키기 때문입니다. '일본이 전쟁에 지지 않았더라면 좋았을 텐데'라는 마음이 니시자키 요시노부西崎義展[19]나 이시하라 신타로가 만든 〈우주전함 야마토〉에 담겨 있지 않습니까. 물론 일본이라는 국가가 대한민국이나 조선민주주의인민공화국이라는 국가에게 과거에 대해 사죄하고 그에 관해 배상하는 것은 매우 중요한 일입니다. 하지만 작품 하나 하나가 사죄의 도구로서 국가나 민족 간에 사용되는 일은 불행하다는 것입니다.

저는 서브컬처가 정치적일 필요는 있다고 봅니다. 하지만 여기서 말하는 '정치적'이라는 의미는 어디까지나 정치에 대해 비평적이어야 한다는 것입니다. 정치적인 주장을 해야 한다는 것이 아니라, 정치에

---

19 일본의 영화 및 TV 프로듀서. 니시자키 요시노부는 예명이고 본명은 니시자키 히로후미이다. 애니메이션 〈우주전함 야마토〉 프로듀서로 잘 알려져 있고, 그밖에 〈바다의 트리톤〉, 〈우주공모 블루노아〉 등을 기획했다. 연예 매니저와 음반 제작 프로듀서를 거쳐 애니메이션 제작회사 무시 프로덕션에서 〈바다의 트리톤〉 등 데즈카 오사무 원작 작품의 프로듀서와 기획을 맡았다.

대한 비평이 되어야만 '정치적'이라고 할 수 있다는 것입니다. 그런 태도를 페이크 히스토리 속에 집어넣기 위해서는 『저팬』과 같은 방식으로 모든 사람들이 보기에 불편하도록 만들 수밖에 없는 것이죠.

예를 들어 『저팬』에는 구소련 식 이름의 등장인물이 잔뜩 나옵니다. 작중 세계에서 사회주의는 이미 끝장났는데도 말이죠. 서구권에서 이 작품을 보면 '사회주의도 끝났는데 어째서 작품 속 세상은 소비에 트화되어 있는가'라며 기분 나쁘게 받아들일 수도 있겠죠. 물론 제가 세상의 모든 정치적 입장이나 문화, 민족을 모두 고려해서 작중에 그려 냈다고는 생각하지 않습니다. 하지만 적어도 그때 그 시절에 제가 상상할 수 있는 모든 정치적 입장을 '상대화'할 수 있도록 그렸습니다. 상대화시킨다는 것은 어떤 입장에서 보더라도 위화감이나 불쾌감이 남는다는 이야기죠.

제가 지브리를 높이 평가하는 것도 마찬가지 관점에서 비롯됩니다. 〈코쿠리코 언덕에서〉에 한국전쟁이라는 설정을 집어넣는 것과 같죠. 하지만 그렇다고 해서 미야자키 하야오가 작품에 일본이 한국전쟁에 참가한 것은 헌법 위반이다, 전쟁의 책임을 져야 한다, 라는 메시지를 집어넣은 것은 아니잖습니까. 단지 그런 역사적 사실이 있었다는 것을 추가함으로써 작품에 균열이 발생하는 것뿐이지요. 만화나 애니메이션 안에 틀어박힐 수 있다는 것, 독자나 관객이 판타지 속에서 살아갈 수도 있다는 것이 서브컬처가 가진 상품으로서의 특징입니다. 독자가 가공의 세계 속에 틀어박혀 놀 수 있다는 것이죠. 하지만 거기에 찬물을 끼얹는 이질적인 요소를 집어넣는 행위, 그게 바로 '크리에이터의 비평'입니다.

〈메카데미아〉 학회에서 제 기조 강연을 들은 연구자들은 어떤 작품이 특정 정치적 입장을 주장하거나 정치적 주제를 내거는 것을 '정치적'이라고 여깁니다. 하지만 판타지 혹은 가공의 세계를 통해 독자나 관객을 현실이라는 '꿈'에서 깨게 만드는 것, 그게 바로 우리의 비평인 것입니다. 예를 들어, 한국이 일본을 정복하여 식민지화한다는 스토리는 한국인들의 정치적 욕망을 충족시키는 페이크 히스토리가 될지도 모릅니다. 하지만 그것은 일본이 다시 한 번 아시아를 식민지화하는 스토리를 만드는 것과 똑같은 행위일 뿐입니다. 페이크 히스토리든 가공의 판타지물이든, 특정 민족이나 집단의 욕망을 충족시키려 하는 한 결국 다 마찬가지라는 이야기죠. 그렇기 때문에 충족시킨 욕망을 막판에는 부수어야 하는 것입니다. 부순다고 해서 오시이 마모루押井守[20]처럼 부순다는 의미가 아닙니다. 이질적인 것을 집어넣는다는 뜻이죠. 전면적으로 스토리에 만족할 수 없게 하는 요소를 집어넣는 것입니다.

이런 맥락에서 일본 쪽에서 〈반딧불의 묘〉를 보면, 반전 애니메이션으로서는 지나칠 정도로 리얼합니다. 작중에 고베 시가 불타는 장면

20 영화감독. 1977년 다쓰노코 프로덕션에 입사하여 TV 애니메이션을 만들다가 1982년 〈극장판 닐스의 이상한 여행〉을 시작으로 영화감독이 되었다. 대표작은 〈시끄러운 녀석들〉, 〈기동경찰 패트레이버 더 무비〉, 〈공각기공대-고스트 인 더 쉘〉, 〈이노센스〉 등의 애니메이션과 실사 영화 〈아발론〉이 있다.

이 나오는데, 원래 고베에서 야마다가와 지역 사람들은 상류 계급입니다. 전쟁이 끝나고 상류 계급 여자아이들이 집에 돌아와서 "아, 이 근처는 전혀 바뀌지 않았네. 옛날 모습 그대로야"라고 말하는 장면이 나옵니다. 실제로 당시 야마다가와의 고급 주택은 거의 피해를 입지 않았습니다. 왜냐하면 미군이 일본을 접수한 후에 미국인들이 거주하려고 했기 때문입니다. 그래서 피해를 입지 않았어요. 그처럼 전쟁의 세세한 정황을 지극히 리얼하게 그렸다는 것입니다.

다카하타 이사오 감독이 그리고 싶었던 것은 결국 전쟁이라는 역사적 사건이 최종적으로 개인을 얼마나 황폐하게 만드는가 하는 부분입니다. 〈반딧불의 묘〉에는 일체의 희망이 없습니다. 주인공 소년이 살아남는 것도 아니죠. 그냥 시체가 됩니다. 전쟁의 책임이 어디에 있는가 하는 차원의 문제가 아닙니다. 전쟁에는 희망이나 구원이 아예 없다는 보다 본질적인 문제를 그리려 한 것입니다. 사실 반전 애니메이션은 결국 프로파간다가 될 수밖에 없습니다. 전쟁은 안 된다고 말하는 순간, 일본 공산당이나 사회당, 혹은 여타 정치적 운동의 프로파간다가 되는 것입니다.

페이크 히스토리와 터부

선정우　서브컬처에서 역사적인 내용을 다루는 것은 쉬운 일이 아닌 것 같습니다. 한국에서는 거의 '프로파간다'가 된다고나 할까요. 예를 들어 베트남전쟁 중 한국군의 행위를 비판하거나, '그 시절엔 어쩔 수 없었다'고 옹호하거나 둘 중의 하나라는 말이죠. 그것은 작가의 정치적 입장, 혹은 작가 주변의 정치적 입장을 그대로 작품에 반영한 것이니까, 선생님 말씀대로 '프로파간다' 그 자체거든요. 그런 정치적 입장을 작품에 그대로 반영하는 것이 아니라, 한발 떨어져서 '비평적'으로 바라보는 작품은 잘 만들어지지 않는 것 같습니다. 특히 만화나 애니메이션 분야에서는 더 드문 것 같습니다.

오쓰카 에이지 일본이나 한국이나 페이크 히스토리 작품을 만들 때 자국 또는 민족의 콤플렉스를 충족시키는 방향으로 창작을 하거나 아예 터부taboo(금기)를 건드리지 않으려는 방향으로 움직이는 것 같습니다. 제가 『저팬』이나 『도쿄 미카엘』, 혹은 〈MPD-PSYCHO〉[21] TV 드라마 시리즈에서 그려낸 최대의 터부는 천황을 다룬 것입니다. 일본에서 쇼와 천황을 그런 식으로 그린 만화는 단 한 편도 존재하지 않습니다. 또한 『저팬』, 『도쿄 미카엘』, 〈MPD-PSYCHO〉는 일본 내에서 전

---

21 2000년 5월에 방송된 〈다중인격 탐정 사이코〉의 TV 드라마. 감독 미이케 다카시. 원작자인 오쓰카 에이지가 드라마 각본을 직접 집필했다. 드라마의 정식 제목은 〈다중인격 탐정 사이코-아마미야 가즈히코의 귀환〉인데, 2002년 드라마판을 재편집한 영화판이 〈MPD-PSYCHO 페이크 무비 리믹스 에디션〉이라는 제목으로 개봉됐기 때문에 이 작품을 〈MPD-PSYCHO〉로 지칭한 것 같다. 원작 만화와 캐릭터 및 설정은 어느 정도 공유하고 있지만 스토리는 전혀 다르다.

혀 논의가 되지 않았습니다. 어째서일까요? 바로 천황을 묘사했기 때문입니다. 쇼와 천황의 초상을 직접 그렸거든요. 쇼와 천황이 캐릭터로 등장합니다.

1950년대 중반부터 1960년대 초반까지는 천황을 캐리커처로 그리는 것이 가능했습니다. 그런데 1990년대에 접어들면서 소위 신자유주의화와 역사 교과서 비판이 일어나 일본군 위안부와 난징대학살에 대해 신지 말라는 흐름이 생겨났죠. 일본 내의 보수화는 명백히 1990년대에 시작된 것입니다. 예를 들어 지금 일본의 매체를 보면 '천황 폐하, 미치코 전하, 아이코 님'[22] 등 반드시 극존칭을 붙입니다. 하지만 1950~60년대에는 매체에서 미치코 씨라고 썼습니다. (저는 여전히 미치코 씨라고 부릅니다.) 혹은 애칭으로 '밋치'라고도 했죠. 히로노미야는 나루, 히로노미야의 여동생은 사야, 그런 식으로 닉네임이 사용되기도 했습니다. 천황에 대해서도 '덴짱'이라고 반쯤 야유 섞인 호칭을 사용하는 이도 있었고요. 그런데 요즘은 매체에서 마사코 씨라고 하는 것도 어렵습니다. 반드시 마사코 님이라고 불러야 하는 분위기죠. 그런 식으로 쇼와 천황이 사망한 이후에는 오히려 매체에서부터 억압적인 분위기가 만들어졌습니다. 천황이 다시금 터부가 된 것입니다.

22　미치코는 현재 천황인 아키히토의 부인(황후). 아이코는 아키히토의 제1 황자인 히로노미야의 딸(아키히토의 손녀). 히로노미야의 애칭 나루는 이름인 나루히토에서 따온 듯하다. 마사코는 히로노미야의 부인(제1 황자비)이다.

선정우   그렇군요. 과거의 일본 책과 1990년대 이후의 책을 비교해볼 때, 확실히 과거에는 천황에 대한 경의가 덜하다는 느낌이 들었습니다. 그게 1990년대부터 바뀌었다는 말씀이군요.

오쓰카 에이지   그렇습니다. 1990년대에 접어들자마자 극적으로 변화된 것입니다. 그때부터 우익적인 사고방식이 부상했죠. 우익적이고 애국적인 분위기가 만발하겠지만, 저는 그들이 천황을 그리지는 못할 거라고 보았습니다. 그래서 일부러 천황에 대해 그리려고 했고, 그것이 『저팬』, 『도쿄 미카엘』, 드라마판 〈MPD-PSYCHO〉였던 것이죠. 〈MPD-PSYCHO〉는 1999년을 배경으로 한 작품으로, 1999년에도 여전히 쇼와 시대가 계속되고 있다는 가상의 미래를 그렸습니다. 작중에서 쇼와 74년에 천황의 건강이 위독하다는 TV 뉴스가 계속 나오면서 서스펜스 스토리가 진행됩니다. 천황의 죽음이라는 '사건'을 평범한 일상처럼 표현한 것입니다.

선정우   실제 쇼와 천황 사망 뉴스가 나왔을 당시 일본 사회에 소위 '자숙 무드'가 일어나지 않았습니까.

오쓰카 에이지   맞습니다. 〈MPD-PSYCHO〉 이전의 일본 TV 드라마 중에 천황을 다룬 작품은 없습니다. 아마 지금까지도 없을 겁니다. 2001년 아베 가즈시게阿部和重[23] 가 『닛포니아 닛폰Nipponia nippon』이라는 소설을 발표했는데, '닛포니아 닛폰'은 따오기의 학명이죠. 천연기념물인 따오기를 죽이는 소년의 이야기입니다. 따오기를 죽인다는 것이 천황을 죽이는 것을 상징한다고 하여 호평한 비평가가 있었습니다만, 그래봤자 작중에서 죽이는 것은 어디까지나 따오기일 뿐이죠.

저는 그 후에도 『언러키 영맨』[24]이라는 작품에서 천황을 죽이고 싶어 하는 청년이 등장하는 스토리를 썼습니다. 참고로 제가 스토리를 쓴 작품 중에 『다중인격 탐정 사이코』나 『마다라』, 『구로사기 시체 택배』 등 천황을 그리지 않은 것들은 모두 베스트셀러가 되었습니다. 그런데 『저팬』, 『도쿄 미카엘』, 『언러키 영맨』은 그렇지 못했습니다. 드라마판 〈MPD-PSYCHO〉도 베스트셀러인 『다중인격 탐정 사이코』의 스핀오프spin-off 치고는 그다지 히트하지 못했고요. 즉 천황을 다룬 작품은 묵살되는 편이었던 거죠. 〈MPD-PSYCHO〉는 그래도 제가 베스트셀러 작가니까 가도카와쇼텐에서 상업적으로 허락하게 되었던 것입니다.

23 일본의 소설가. 1994년 『아메리카의 밤』으로 데뷔. 테러리즘, 인터넷, 롤리타 콤플렉스를 다룬 『인디비주얼 프로젝션』(1997), 17세의 히키코모리(은둔형 외톨이) 소년이 일본의 장래를 우려하여 따오기를 구출하러 간다는 내용의 『닛포니아 닛폰』(2001) 등의 대표작이 있다. 롤리타 콤플렉스가 있는 남성을 그린 『그랜드 피날레』(2005)로 아쿠타가와상을 수상했다.
24 원작 오쓰카 에이지, 작화 후지와라 카무이가 2004~2006년에 발표한 만화 작품. 만화 잡지가 아니라 소설 잡지 『소설 야성시대』(가도카와쇼텐)에 연재된 후, 단행본 전 2권으로 출간되었다. 1968년 학생 운동이 극심하던 도쿄를 배경으로, 실존 인물('적군파' 인물 및 오에 겐자부로, 미시마 유키오, 나카가미 겐지 등의 문인)을 모델로 한 캐릭터가 당시 일본의 '연합군군' 사건, 3억엔 사건 등에 관련되어 벌이는 일들을 그렸다.

선정우 〈MPD-PSYCHO〉 드라마는 어느 방송국에서 방영되었나요?

오쓰카 에이지 와우와우wowow[25]였습니다. 그 드라마를 만들 때 저는 한 가지 작전을 짜놓고 진행했습니다. 원작『다중인격 탐정 사이코』는 사이코 서스펜스라서 잔혹한 장면이 자주 등장합니다. 그래서 드라마 제작 측에서는 제가 과격한 장면이 나오는 각본을 쓸 거라고 생각했던 거죠. 하지만 막상 시나리오를 보니까 천황이라는 터부를 건드렸던 겁니다. 하지만 그들은 '천황이라는 터부를 건드리고 있으니 내용을 바꿔달라'라고 말할 수도 없었습니다. 왜냐하면 그렇게 바꿔달라고 하는 것도 터부니까요. 결국 그들은 보고도 못 본 척하며, 그냥 시체 표현이나 수정해달라고 할 수밖에 없었던 겁니다.

선정우 사실 국가나 사회, 대중들도 터부를 건드리고 싶어 하지 않기 마련입니다. 그래서 터부라고 부르는 것이겠습니다만, 그런 분위기는 한국도 마찬가지라고 해야 할 것 같습니다. 어찌 보면 2012년의 한국 영화 〈26년〉과 비슷한 점이 있는 것 같기도 합니다. 이 작품은 1980년 광주 민주항쟁을 배경으로, 당시 군사정권의 책임자였던 국가 원수를 암살하려는 내용의 웹툰이 원작인데요. 영화 개봉 당시

---

25 1991년에 개국한 일본 최초의 민간 유료 위성방송국.

〈26년〉이라는 작품에 대해 평자들은 영화의 내용이나 스토리보다 영화 자체의 퀄리티랄까 만듦새에 대해 비판하는 목소리가 컸습니다. 정치적으로 〈26년〉과 같은 성향의 비평가 중에서도 영화 자체의 완성도에 대해서는 비판적으로 논하는 이가 적지 않았습니다.

물론 원작 만화나 영화에 대해 지지자도 적지 않았지만, 정치적인 견해를 별개로 보더라도 프로파간다를 지나치게 직설적으로 드러내고 있다는 느낌이 들었습니다. 그런 입장에서 생각해볼 때, 선생님이 앞서 말씀하신 작품(픽션)과 프로파간다, 창작과 프로파간다에 대한 견해는 상당히 참고가 되었습니다. 작가가 실제로 생각하는 바를 프로파간다로 만드는 것은 어쩔 수 없다 하더라도, 그것을 이 정도로까지 직설적으로 표현해버리면 픽션으로서의 의미가 떨어지지 않을까 싶거든요.

과거에 저는 애니메이션 팬들 사이에서 〈반딧불의 묘〉에 대한 논쟁이 일어났을 때에도, 다카하타 이사오 감독이 일본에서는 상당히 좌파적인 인물이고 그런 행동과 발언을 해왔다고 지적한 적이 있는데요. 〈반딧불의 묘〉나 다카하타 이사오 감독의 팬이어서가 아니라, 단순히 일본어로 된 잡지나 책을 읽다 보니 다카하타 감독에 대한 평가나 감독의 발언을 보았기 때문에 그런 지적을 할 수밖에 없었던 것입니다. 하지만 여전히 한국 인터넷에서는 의심의 눈초리를 거두지 않는 이들도 적지 않습니다.

〈코드 기어스〉 같은 경우에는, 선생님이 말씀하신 '모든 사람이 다 싫어하는' 작품의 대표격이 아닌가 싶은 생각도 듭니다. 한국에서는 혐

한적인 작품이 아니냐는 말을 듣고, 일본에서는 좌익 작품이라는 말을 듣고, 미국에서는 반미적인 내용이라는 말을 들었으니 말이죠. 하지만 이 애니메이션 역시 한국에서는 "우익적인 생각을 갖고 만들었으면서 말로만 그렇게 변명하는 것 아니냐"는 의심을 받고 있는 것 같습니다. 물론 〈반딧불의 묘〉나 〈코드 기어스〉나 작품을 실제로 제작한 사람들이 어떤 생각이었는지 알 수가 없고, 또 작가나 제작진의 생각이 어떻든 간에 완성된 결과물이 중요한 것 아니냐는 의견도 일리가 있다고 생각합니다. 그러니 결과적으로 비판받을 소지가 있다면 관객이 작가의 의도와 무관하게 얼마든지 마음대로 평가해도 된다고 봅니다. 다만 한국에서의 평가가 타국의 평가와는 상당히 다른 방향에서 일어났다는 현상 자체는 객관적으로 받아들일 필요가 있는 듯합니다. 일본에서 이 작품들이 좌파적이라는 비판을 받았다는 정보 자체를 부정한다는 건 단순한 인지부조화가 될 뿐이니까요.

오쓰카 에이지 사실 작가가 자신의 작품을 특정 사상이나 정치에 넘겨버리고 싶지 않다면, 모든 것으로부터 거리를 두게끔 만들 수밖에 없습니다. 그것밖에 선택지가 없죠. 다양한 입장의 사람들이 다 불만을 가지게 하라는 겁니다. 그것이 작품이나 작가 자신을 배반하지 않는 방법이라 할 수 있습니다.

프로파간다가 목적이 되어선 안 된다

선정우 앞서 말씀드렸듯 한국에도 프로파간다를 표출하는 작품이 존재하는데요. 주로 영화 분야에서 만들어지는 듯합니다. 원래 영화라는 장르가 프로파간다를 통해 발전한 만큼 상대적으로 프로파간다와 관련이 큰 것 같습니다.

오쓰카 에이지 결국 프로파간다가 될수록 작품의 질은 떨어집니다. 그것은 부천판타스틱영화제에서 상영한 〈우주전함 야마토〉 시리즈만 보더라도 알 수 있습니다.[26] 〈우주전함 야마토〉는 처음부터 니시자키 요시노부란 인물의 기획이라 우익적인 요소가 있던 작품입니다. 하지만 당초의 〈야마토〉 시리즈는 그래도 그런 부분이 적었습니다. 어디까지나 엔터테인먼트, 애니메이션으로서 '우주전함이 날아가는 것이 재미있겠지'하는 부분이나, 그 당시 일본이 경제적으로 불황 속에 폐색감으로부터 벗어나고 싶다는 이미지도 내포되어 있던 것입니다. SF로서의 요소도 많이 포함되어 있었고요. 그런데 그것이 점점 바뀐 것이죠. 가장 최신의 〈야마토〉 시리즈에는 이시하라 신타로 도쿄 도지사가 참여했을 정도입니다. 완전히 프로파간다 애니메이션이 된 것이죠. 〈야마

---

26 2012년 부천국제판타스틱영화제(당시에는 PIFAN, 현재는 BIFAN)에서 일본 애니메이션 〈우주전함 야마토〉 특별전으로 시리즈 다섯 편을 상영했다. 오쓰카 에이지는 이 특별전에서 발표를 했다.

토〉 시리즈를 보면 프로파간다에 가까워지면 가까워질수록 퀄리티가 떨어집니다. 프로파간다가 된다는 것은 곧 작품의 질을 떨어뜨린다는 것입니다. '도구'가 되면 될수록 작가의 무뎌진 모습이 드러나게 되죠.

선정우 그렇다면 역시 지금 작가가 되려고 하는 사람들에겐 그런 부분에 주의할 필요가 있다고 말해줘야겠군요.

오쓰카 에이지 그렇죠. 또 한 가지 역설이 있는데, 프로파간다가 되었다고 하더라도 훌륭한 크리에이터들이 참여하게 되면 프로파간다를 넘어설 수도 있다는 겁니다. 〈모모타로 바다의 신병〉은 프로파간다 애니메이션입니다. 하지만 역사를 돌이켜봤을 때 〈모모타로 바다의 신병〉에서 보여준 기술이나 방법론은 불변의 것으로 일본 애니메이션에 남았습니다. 세르게이 에이젠슈타인Sergei Eisenstein[27]의 〈전함 포템킨〉은 구소련의 프로파간다죠. 하지만 그것을 넘어서서 영화 역사에 길이 남았고요. 레니 리펜슈탈의 영화는 나치 독일로 인해 긍정적으로 받아들이기 힘들겠지만, 역시 그녀의 영화 속에는 영화 역사에 남겨야 할 부분이 있습니다.

---

27 구소련의 영화감독. 1925년 발표한 대표작 〈전함 포템킨〉을 통해 세계 영화이론에서 매우 중요한 연출법으로 손꼽히는 소위 '몽타주 이론'을 확립하고 스스로 실행했다. 그 후에도 1944~1946년 〈이반 뇌제〉 3부작(3부는 미완)을 통해 몽타주 이론을 집대성했다.

후지타 쓰구하루藤田嗣治[28]라는 화가는 전쟁화를 그렸습니다. 프로
파간다 그림을 그린 것이죠. 그의 그림은 미국에 압수되었다가 한참 후
에야 일본에 돌아왔는데, 후지타의 그림을 직접 보니 모두가 프로파간
다 그림으로 보이지는 않았습니다. 후지타의 전쟁화를 본 사람들 중에
는 "아, 전쟁은 정말 안 좋은 것이구나. 무시무시한 것이구나"라고 말하
기도 했습니다. 전쟁을 홍보하는 전쟁화를 보고, 사람들은 오히려 전쟁
은 무시무시한 것이라는 인상을 받았던 거죠. 이처럼 프로파간다를 넘
어서는 표현도 존재합니다. 전쟁의 본질, 파시즘의 본질, 혹은 혁명의
본질 같은 것들을 프로파간다 예술이라 하더라도 기적적으로 표현해
내는 경우가 있다는 말입니다. 하지만 기억해야 할 것은 작품이 프로파
간다가 될 경우 대부분은 질이 떨어지게 마련이라는 겁니다. 이 두 가
지가 모순된 진실인 셈입니다.

　　프로파간다 영화를 만들려고 해도 결국은 자멸하기 마련입니다. 에
이젠슈타인은 그저 영화를 만들고 싶었을 뿐입니다. 〈모모타로 바다의
신병〉 제작진들은 일본 해군에 혼을 팔아서라도 디즈니나 에이젠슈타
인과 같은 영화를 만들고 싶었던 것이고요. 레니 리펜슈탈도 야심가였

28　화가이자 조각가. 1913년부터 프랑스 파리에서 활동하면서 일본화의 기법을 서양화에 접목시킨 작품으
로 서양 미술계의 주목을 받았다. 에콜 드 파리의 일원으로 꼽혔고, 1925년 레지옹 도뇌르 훈장을 받았다. 일
본에 귀국한 뒤 1938년부터 종군 화가로 활동하다가 2차 세계대전 발발로 육군미술협회 이사장에 취임하여
전쟁화를 그렸다. 패전 후에는 전쟁 협력자로 비판을 받아 다시 파리로 돌아갔고, 이후 프랑스에 귀화하여 레
오나르 후지타로 개명했다.

죠. 그런 식으로 크리에이터에게 프로파간다조차도 넘어설 만한 동기가 있다면, 프로파간다를 능가하는 재능이 만들어지겠죠. 그것은 기적과도 같은 예외입니다. 작가들은 자신들도 그런 기적 같은 예외가 될 수 있다는 생각을 가져서는 안됩니다. 에이젠슈타인 이후 러시아에 에이젠슈타인 같은 영화감독은 아무도 나타나지 않았고, 애니메이션 세계에서도 〈모모타로 바다의 신병〉 이후 간신히 미야자키 하야오 정도가 나타난 것뿐입니다.

선정우　한국에서는 〈반딧불의 묘〉 논쟁과 연결시켜서 미야자키 하야오 감독이 밀리터리 취미를 갖고 있다는 것에 대해서도 의심의 시선을 갖는 사람들도 있는데요.

오쓰카 에이지　밀리터리 취미는 분명 미야자키 하야오 감독의 약점입니다. 그가 가진 '모순'인 것이죠. 그는 자신이 갖고 있는 밀리터리에 대한 정열을 모순인 채 그대로 그려냅니다.

예를 들어 〈붉은 돼지〉에서는 전투기를 만드는 캐릭터가 모두 여성이잖습니까. 실제로는 여성이 전투기를 만들지는 않죠. 즉 이 작품에선 여성들에게 전투기를 만드는 것을 맡겨놓은 채, 그나마 진짜 전쟁도 아니고 전쟁놀이를 할 뿐입니다. 주인공 포르코와 동료들은 섬 안에서 전쟁놀이를 하고 있습니다. 그런데 그 전쟁놀이는 진짜 전쟁으로부터 도피하기 위한 놀이인 것입니다. 이탈리아에서는 진짜 전쟁이 진행되고 있다는 내용이 나오니까요. 〈붉은 돼지〉에는 그런 구도가 작중에 제대로 나타나 있다는 것입니다.

전쟁이라는 것이 존재한 다음에야 비로소 '전쟁놀이'나 '밀리터리 취미'가 존재할 수 있지 않겠습니까. 미야자키 하야오 감독은 그것을 분명하게 표현하고 있습니다. 이 다음 작품에서 그는 2차대전을 그린다고 했는데, 그 말은 곧 '병기'를 그리지 않으면 안 된다는 이야기입니다. 그 모순을 그가 어떤 식으로 작품 속에 표현하는지 저는 알고 있습니다.[29] 물론 그 내용을 지금 말할 수는 없지만요. 성공 여부를 냉정하게 비판할 생각이라는 것은 말할 수 있습니다. 작품이 나온 다음 세상이 평가하겠죠. 기대가 됩니다. 중요한 건 그런 문제로부터 미야자키 하야오가 도망치지 않았다는 겁니다.

---

29 2013년 7월에 개봉된 미야자키 하야오의 장편 애니메이션 영화 〈바람이 분다〉를 가리킨다. 오쓰카 에이지가 이 시점에서 아직 제작 중이던 작품에 관해 알고 있는 이유는, 당시 지브리에 외부 자문위원으로 위촉받아 활동했기 때문이다.

6장

피해자 의식과
정치적 보수화

선정우 일본의 넷우익들은 한국이나 중국을 비난하는 이유 중 하나가 자신들이 탄압을 받고 있기 때문이라고 합니다. 일본 정부나 매체는 실은 한국이나 중국의 영향력 하에 있고, 한류 열풍도 특정 대기업이나 한국 정부의 지원금으로 억지로 만들었다는 논리를 펴는 거죠. 넷우익들은 그런 '비밀'을 알기 때문에 비난을 하지만, 일반 대중들은 그런 자신들을 몰라준다는 식입니다. 그들이 주장하듯 특정 대기업이나 한국 정부의 지원금을 가지고 한류 열풍을 불게 했다면, 어디 예산이 남아나겠습니까.

한국 정부의 만화 산업 지원에 대해서도 이상한 논리를 펼치긴 마찬가지입니다. 한국 내의 사정에 대해서는 알려고 하지 않은 채, "한국 정부는 만화 산업을 지원하고 있는데, 정작 일본 만화는 정부로부터 아무런 지원을 받지 못하고 탄압만 받았다. 일본 정부는 뭘 하는 거냐"라는 주장을 합니다. 정작 한국 만화가들은 지원보다 만화에 대한 사회적 억압 분위기나 심의 때문에 작품활동을 하기 힘들다고 증언하고 있는데 말이죠. 그런 식으로, 실제로는 '혐한'이라기 보다 일본 내의 좌우파 논쟁에 한국을 이용하고 있을 뿐이라는 인상도 짙습니다.

'재특회(재일 특권을 용서하지 않는 모임)'라는 단체는 일본에 있는 재일 조선인(재일교포)의 '특권'에 대해 비판을 하는 것이라고 말합니다. 자신들처럼 평범한 일본인은 '특권'을 가진 재일교포들과 그들의 특권을 지키는 층(몇몇 대기업이나 일본의 일부 정치인, 대중매체 등)으로부터 억압받고 있다는 것이죠. 상식적으로 '특권'이라면 오히려 일반 대중이

'마이너리티'보다 더 많이 갖고 있음이 분명한데도 말입니다. 그들은 자신들의 처지가 어려운 이유가 상류층이나 특권 계급이 아닌 여성이나 외국 이민자와 같은 마이너리티 탓이라고 생각한다는 거죠. 물론 이러한 현상은 비단 일본뿐만 아니라 유럽, 미국, 한국에서도 일어나고 있습니다. 그들은 마이너리티에 대한 보호정책조차 '특권'이라 비판하고, 자신들이 혜택받을 수도 있는 복지정책을 부정하는 경우도 많습니다. 정부의 지원을 받는 계층을 '놀고 먹는다'고 생각하는 거죠.

남의 큰 고통보다 자신의 작은 고통을 더 아프게 느끼는 것은 인간의 보편적인 성향이라 할 수 있습니다. 스스로를 '피해자'로 보다 보면 쉽게 눈에 띄는 사람들, 특히 마이너리티가 될 수밖에 없는 이들을 가해자로 몰아붙이게 됩니다. 이는 부모들이 만화나 애니메이션, 게임을 '나쁜 것'으로 보는 자세와도 일맥상통하고, 오타쿠에 대한 탄압과 정확히 일치하는 것임에도 불구하고 그걸 이해하지 못하는 것이죠. 일본에서 넷우익의 상당수는 오타쿠층으로서, 오타쿠에 대한 일본 사회의 부당한 비난에 억울함을 느끼면서도 정작 자신들은 마이너리티 계층에 부당한 비난을 합니다. 앞서 말했지만 이것은 비단 일본뿐 아니라 한국에서도 일어나고 있는 현상입니다.

오쓰카 에이지 전후 일본이 놓친 것이 바로 가해자로서의 주관입니다. '일본은 가해자'라는 명확한 입장을 만들지 못했지요. 히로시마 같은 일이 있었기 때문이기도 합니다. 인류의 결정적 비극이었으니까요. 또 연합군의 일본 본토 공격으로 엄청난 피해를 입기도 했고요. 전쟁에서 죽어간 사람들의 입장에 서자면, 일본인들도 전쟁 자체에 있어서는 피해자이기도 하잖습니까. 하지만 일본인이 정치적 혹은 역사적으로는 가해자라는 사실, 그 두 가지 입장의 모순을 해소하지 못했습니다.

히로시마의 존재는 미국이 전쟁의 룰을 깬 사건입니다. 그 한 가지는 미국에 의한 피해자인 것이죠. 하지만 진주만 공격은 일본이 가해자입니다. 가해자라는 명확한 시각을 만들어내지 못했기 때문에, 피해자인 자신만 생각하고 가해자로서의 책임을 묻지 못한 것이죠. 일본의 사관을 자학사관이라고 하는 사람들이 있지만, 사실 결과적으로 지금 일본인들이 선택한 것은 '피해자 사관'입니다. 일본은 중국으로부터 역사 교과서를 '수정'당했다고 생각하는 것이죠. 종군위안부 문제도 마찬가지고요. 그렇기 때문에 얼마 전 중국에서 일본 업체의 점포가 습격당한 사건(2012년 중국의 반일 데모)이 일어났을 때에도 일본이 피해자라는 생각만 했던 것입니다. 일본에는 '피해자로서의 일본'이라는 아이덴티티가 만연해 있습니다.

모든 국가가 기억해야 할 것은 피해자 의식 속에서 역사를 보려고 하는 한 역사의 본질을 볼 수 없다는 점입니다. '피해자'라는 입장은 어떤 의미에서는 일방적으로 상대방을 규탄할 수 있습니다. 스스로에 대한 반성이 불가능하지요. 일본은 원자폭탄 투하로 미국의 피해자라는 의식이 잠재되어 있습니다. 하지만 그것에 대해 책임을 묻지는 못했습니다. 그래서 역으로 가해자로서의 책임 의식도 만들지 못한 겁니다.

역사 속에서, 입장을 바꿔놓고 생각해보면 사실 어떤 단계에서든 가해자가 될 수 있습니다.

너무 일반론적인 이야기일지도 모릅니다만, 예를 들어 현재 유대인은 팔레스타인의 최대 가해자이지 않습니까. 홀로코스트에 있어서는 인류 역사상 최대의 피해자였지만, 현재는 이스라엘이 팔레스타인의 최대 가해자가 되어버렸습니다. 마찬가지로 중국은 일본의 피해자인 동시에 티베트 등에 대해서는 최대의 가해자라는 것이죠. 한국 역시일본에 대한 피해자였지만 베트남전쟁에서는 베트남의 가해자였죠.

즉 언제든 자신들이 가해자일 수도 있음을 항상 의식해야 한다는 것입니다. 피해자라는 입장은 특권적이지 않습니까. 가해자로서의 자신을 인정할 수 있다면, 스스로 반성할 만한 여지가 있다는 것입니다. 일본인이 가해자로서의 시각을 만들지 못한 것에는 여러 가지 복잡한 일본 전후사戰後史의 문제가 있습니다만, 명백한 사실은 지금에 와서 스스로를 피해자로 만들고 있다는 것입니다. 애국심은 그런 피해자 의식에서 비롯되는 경우가 많습니다. 말씀드리기 조심스럽지만, 일본의 애국심이 미국에 대한 피해자 의식에서 비롯된 것처럼, 한국이나 중국의 애국심도 일본에 대한 피해자적 역사관에서 비롯되지는 않은지 생각해볼 필요가 있는 듯합니다. '피해자끼리의 역사관'으로는 영원히 서로를 이해할 수 없으니까요.

선정우 그렇습니다. 요는 가해자로서의 의식과 피해자로서의 의식, 이 모두를 생각해야 된다는 것이지요.

오쓰카 에이지　문제는 한 개인의 피해자 의식이 국가의 피해자 의식과 연결되는 것입니다. 단순히 젊은층을 비판하려는 것은 아닙니다. 요즘 젊은이들이 처한 상황을 보면 어느 정도 이해가 되는 것도 사실이니까요. 일본에서는 1990년대 이후부터 젊은층의 고용 상황이 점점 안 좋아지고 있거든요. 그러다 보니 사회의 피해자라는 의식이 점점 강해진 것이죠. 이런 마이너스의 감정을 '국가의 피해자'라는 생각으로 이어지지 않도록 하기 위해서, 그 대상을 다른 쪽으로 전환시켜 애국심을 불러일으키게 만든 것입니다. 일본의 젊은이들로 하여금 한국이나 중국, 그밖의 아시아로부터 피해를 입었다고 생각하게 만드는 시나리오가 가장 간편했겠죠. 젊은층 역시 어느 정도 그런 사실을 알고 있으면서도 그 시나리오를 받아들였을 겁니다. 참 딱한 일이죠.

선정우　한국의 젊은이들도 비슷한 상황이라고 봅니다. 과거 민주화운동을 했던 세대, 소위 386세대는 이미 50대에 접어들었고, 이미 사회의 중추를 이루며 젊은이들이 보기에는 기득권층이 되었습니다. 한국 사회에서도 젊은층이 고용 상황을 비롯하여 여러 가지로 어려움에 처해 있다 보니 그 비판의 화살이 과거 민주화운동 그 자체, 혹은 외국인 노동자, 혹은 여성, 혹은 외국(일본이나 중국, 아시아 등)으로 향하는 것입니다.

오쓰카 에이지　일본하고 똑같군요. 일본 민주당에 대한 비판이 커진 이유가 노동조합이 기득권을 갖고 있어서라는 겁니다. 물론 실제로는 자민당과 재계의 기득권이 훨씬 더 거대합니다. 그러나 일본 젊은이들이 민주당의 기득권을 비판함으로써 결과적으로 민주당 정권이 붕괴되고 말았습니다. 하지만 자민당이나 이시하라 신타로 도쿄 도지사, 혹은 하시모토 도루橋下徹 오사카 부지사(2015년 현재 오사카 시 시장) 등은 젊은이들의 장래를 보장할 만한 경제 정책보다는 신자유주의 정책을 취하고 있는데요. 이로 인해 약육강식의 사회가 진행될수록 기득권층의 이권은 더욱 커지는 모순이 생긴다는 것을 깨닫지 못하고 있습니다. 혹은 깨닫고자 하는 생각이 없는 건지도 모르겠습니다. 왜냐하면 '피해자 의식'이 강해질수록 냉정한 판단이나 합리적인 정치적 판단을 흐리게 만들기 때문이죠. 아마 일본뿐 아니라 한국, 중국에서도 마찬가지가 아닐까 싶습니다.

선정우　일본 젊은층의 '넷우익'들이 자신들은 과거의 전쟁과 무관한데 어째서 책임을 져야 하는가, 라는 주장을 펼치고 있는데요. 한국 젊은이들에게 민주화운동도 '나하고는 관련이 없는 것'으로 여기는 것처럼 보입니다. 그러다 보니 과거 운동에 참가했던 것을 자랑스럽게 여기는 세대를 이해하지 못하는 것이죠. 일본 젊은층이 기성세대의 아시아에 대한 부채 의식을 이해하지 못하듯 말입니다.

오쓰카 에이지　그렇습니다. 요즘에는 2차대전 이전의 시대를 긍정하는 움직임도 커지고 있습니다. 일본 내에는 피해자 의식을 강조하는 사람들이 많습니다. 예를 들어 하시모토 도루 오사카 시장은 항상 자신을 피해자 위치에 놓습니다. 최근 있었던 〈주간 아사히〉와의 문제[1]에서도 마찬가지였습니다. 하시모토 본인이 재일 조선인에 대한 차별 의식을 불러일으키는 발언을 반복해왔음에도, 막상 자기가 〈주간 아사히〉로부터 비판을 받자 인권 카드를 꺼냈습니다. 인권을 무시하던 사람이 피해자 입장에 놓이자 바로 피해자 의식을 표출한 것이죠. 그러자 하시모토 지사의 팬들도 피해자 의식을 공유했습니다.

요즘 정치는 피해자 의식을 강조합니다. 자민당이나 우익들은 일본이 아시아로부터 피해를 받았다고 주장합니다. 하지만 2차대전 이후의 역사를 찬찬히 들여다보면, 일본보다는 오키나와가 일본에게 피해를 입거나 미국의 속국이 되었다고 보아야겠죠. 그럼에도 불구하고 일본은 '피해자로서의 오키나와'를 인정하려 하지 않습니다. 요즘에도 오키나와에서 미군에 의한 강간 사건이 일어나곤 하지만, 일본 정부는 직접적으로 항의하지 못합니다. 결국 일본은 오키나와라는 피해자를 지키지 못하는 것입니다. 진짜 피해자에 대해서는 보듬지 못하면서, 어디

---

1 〈주간 아사히〉가 2012년 10월 26일에 발행된 호에 오사카 시 시장이자 전 오사카 부 지사 하시모토 도루의 아버지가 '피차별 부락(근대 이전에 천민이 모여살던 지역)' 출신이라는 기사를 실은 사건. 하시모토 도루는 정례 기자회견에서 "유전자로 인해 인격이 결정된다는 내용"이라며 구시대적 신분제로 연결되는 기사라고 비판했다.

까지나 자기 자신을 지키기 위해, 자기 긍정을 위해 피해자 의식을 만들 뿐입니다. '피해자 의식'이라는 것은 진짜 피해자의 마음과는 다릅니다. 그러므로 종군위안부 피해자 분들이나 아시아의 전쟁 피해자, 혹은 일본 내의 마이너리티들에게 공감하지 못하는 것을 보면, 그들이 내세우는 피해자 의식은 결국 진정한 공감이 아님을 증명하는 것이죠.

오쓰카 에이지는 누구인가

오쓰카 에이지는 현직 만화 원작자이자 평론가이고, 전직 만화 잡지 편집자이자 만화를 가르치는 대학교수이기도 하다. 즉 창작자이자 평론가이며, 동시에 출판사 편집자였으며, 최근에는 만화의 창작 이론을 가르치는 일을 하고 있다. 일본에서 만화 원작자라 함은 스토리 작가를 가리킨다. 만화 스토리 작가는 영화 시나리오 작가나 드라마 작가처럼 만화 작품의 스토리를 만드는 작가이다. 만화는 내용과 그림 둘 다 만들어야 하는데, 많은 만화가가 그림도 그리고 내용도 만들지만 간혹 스토리 작가를 별도로 두고 시나리오를 받아 만드는 만화가도 있다.

오쓰카 에이지가 스토리를 담당한 만화 작품으로는 일본에서 많은 인기를 누리고 있는 『다중인격 탐정 사이코』를 비롯하여 『망량전기 마다라』, 『리바이어선』(국내에서는 『리비아썬』이라는 제목으로 번역 출간했다), 『이야기 학교』 등이 있다. 평론서로는 공저인 『망가·아니메』(열음

사, 2004)와 단독 저서인 『캐릭터 소설 쓰는 법』(북바이북, 2013), 『스토리 메이커』(북바이북, 2013), 『이야기 체조』(북바이북, 2014), 『캐릭터 메이커』(북바이북, 2014), 『이야기의 명제』(북바이북, 2015) 등의 스토리 작법서가 있다. 단순히 만화 스토리 작가, 캐릭터 소설 창작법을 가르치는 인물로만 알려진 오쓰카 에이지에 대해 좀더 자세히 소개하고자 한다.

오타쿠론의 선구자, 전방위 평론가

우선 오쓰카 에이지의 경력을 살펴보자. 그는 1958년생이다. 중학생 시절 만화 동인 활동을 시작한 이후 고등학생 때 개그만화를 그려 데뷔했으나 한계를 느껴 1년 만에 만화가 생활을 포기했다. 대학을 졸업한 후에는 만화 잡지에 아르바이트생으로 들어가 만화가를 담당하는 편집자가 되었다. 그때 오쓰카 에이지가 담당했던 작가는 일본에서 손꼽히는 원로이자 거장 만화가인 이시노모리 쇼타로였다. 그 후 정사원이 되어 만화 잡지 〈코믹 류〉, 〈프티 애플파이〉, 〈만화 부릿코〉 등에서 편집자를 맡았고, 이후에는 사실상 혼자 잡지를 떠맡아 편집장 역할을 하게 된다.

그가 편집장을 맡았던 〈만화 부릿코〉는 성인 대상 만화 잡지로, 만화 이외에 칼럼 기사도 싣고 있었다. 당시 일본에서는 성인 잡지의 대부분을 에로틱한 작품으로 채우면, 나머지는 어떤 내용을 싣더라도 판매에 차이가 없다는 말이 있었다. 에로 잡지의 판매량은 어차피 '에로'

가 담당하니, 나머지 분량은 편집자가 원하는 실험적인 기사를 채우기도 했던 것이다. 이는 마치 일본을 대표하는 영화감독들이 초기에 소위 '핑크영화'라 불리는 에로틱한 영화를 만들었던 것과 비슷하다. 그 때문에 성인 잡지나 핑크영화계에는 일반 회사에서 입사가 거절되었던 학생운동 출신의 사회파 청년들이 다수 들어갔고, 그로 인해 좌파적인 정치, 사회 관련 칼럼이나 만화 작품이 에로 잡지에 실리는 일도 있었다.

〈만화 부릿코〉에도 업계 평론적인 기사가 실렸는데, 그중에 나카모리 아키오라는 평론가가 현재와 같은 의미인 '오타쿠'라는 단어를 사용한 칼럼으로 반향을 일으켰다. 그 칼럼에 대해 편집장 오쓰카 에이지는 "오타쿠층에 대해 차별적"이라는 이유로 후속 기고를 중단시켰는데, 이것이 30여 년이 지난 지금까지도 일본뿐만 아니라 한국이나 다른 나라에까지 널리 유포된 '오타쿠'라는 단어가 공적 매체에서 다루어진 첫번째 사례였다. 이후 오쓰카 에이지는 일본 사회에 오타쿠에 대한 결정적인 악평을 퍼뜨린 1989년 도쿄 사이타마 지역의 연속 유아 유괴 살인사건의 범인 미야자키 쓰토무의 특별 변호인을 맡는 등 오타쿠 문제에 깊이 관여했고, 그로 인해 일본 내 '오타쿠론'의 중요한 일원으로 떠올랐다. 오쓰카 에이지보다 젊은 세대의 평론가(대표적으로 아즈마 히로키)들은 오쓰카 에이지의 논지를 비판하거나 보완하는 것을 평론의 출발점으로 삼은 경우가 적지 않다.

오쓰카 에이지는 평론가로도 본격적인 활동을 시작한다. 오쓰카 에이지의 평론에서 가장 특징적인 것은 '다방면에 걸친 평론 활동'을 꼽을 수 있다. 보통 평론가라고 하면 한국에서는 만화평론가, 영화평론가 등 특정 장르에 고정되어 있는 경우가 많지만(물론 문화평론가는 장르에 한정되지 않고 다양한 활동을 하는 경우도 있다), 일본의 경우 평론서가 다양하게 출판되다 보니 소위 '문단'에 국한된 문학평론가 외에도 각종 형태의 평론, 비평 저서를 출판하며 나름의 위치를 쌓은 재야의 평론가들이 존재한다.

그는 『서브컬처 문학론』, 『갱신기의 문학』 등의 문예론, 『그녀들의 연합적군』과 같은 페미니즘론, 『전후 민주주의의 리허빌리테이션』, 『전후 민주주의의 황혼』과 같은 전후 민주주의론, 『전후 만화의 표현 공간』, 『아톰의 명제』 등의 만화론, 『소녀들의 '귀여운' 천황』 등 전후 일본론, 『버려진 아이들의 민속학』, 『공민의 민속학』 등 민속학론, 『헌법력』, 『호헌파가 말하는 개헌론』 등의 헌법론, 『이야기 체조』, 『스토리 메이커』 등 창작 및 작법론 등 수많은 분야에서 다양한 저서를 집필해왔다. 공저서로 『저패니메이션은 어째서 패배하는가』, 『자위대 이라크 파병 중단 소송 판결문을 읽다』, 『천황과 일본의 내셔널리즘(미야다이 신지, 진보 데쓰오와의 대담집)』, 『리얼의 행방—오타쿠는 어떻게 살 것인가(아즈마 히로키와의 대담집)』 등도 출간했다. 뿐만 아니라 대형 출판사인 가도카와쇼텐을 통해 본인이 직접 주재하는 비평 문예지 〈신현실〉을 창간하기도 하는 등 끊임없이 실천적인 활동을 하는 인물이다. 1980년대 말부터는 만화를 가르치는 일을 하면서 이를 바탕으로 2010년 『대학론—어떻게 가르치고 어떻게 배울까』라는 책을 내고, 여러 대학에서 강의를 하면서 매년 여러 분야의 저서를 내고, 스토리 작가로서 여러 만화 작품의 연재를 진행하는 등 다양한 활동을 하고 있는 작가 겸 비평가 겸 교육자라 할 수 있다.

오쓰카 에이지와 순문학 논쟁

오쓰카 에이지를 논하는 데 있어서 빼놓을 수 없는 것이 바로 1990년 대 말, 세기말 일본 문학에 있어서 최대 논쟁 중 하나였던 '순문학 논쟁'이다. 본래 오쓰카 에이지는 1980년대부터 일본 문단과 문예 잡지에 대해 비판적인 입장을 취해왔다. 1998년에 소설가 쇼노 요리코는 오쓰카 에이지의 주장을 "팔리지 않는 순문학은 상품적으로 가치가 떨어진다"는 주장이라고 단순화시키며 문학의 예술성을 무시하는 처사라고 비판했고, 이에 대해 오쓰카 에이지는 일본 문단을 대표하는 문예지 중 하나인 고단샤의 〈군조〉 2002년 6월호에 「불량채권으로서의 '문학'」이라는 기고를 통해 반론을 전개했다.

　우선 오쓰카 에이지는 일본 최대 출판사인 고단샤와 쇼가쿠칸이 만화를 대량 출판하는 동시에 문단을 대표하는 문예지를 발행한다는 사실을 전제로 주장을 펼쳤다.(쇼가쿠칸은 직접 문예지를 내진 않지만, 자회사인 슈에이샤가 발행하는 〈스바루〉가 있다.) 그리고 이런 문예지는 출판사 한 곳당 1종 정도이고, 발행부수도 만화 잡지와 비교도 되지 않을 만큼 적다.(만화 잡지 〈주간 소년점프〉의 경우 1995년에 매주 최대 653만 부라는 엄청난 발행부수를 기록한 바 있다. 이는 일본 잡지 역사상 최대 발행부수 기록이다.)

단행본 판매 격차는 더욱 커서, 일본 서적 출판 부수 중에 만화가 차지하는 비중은 무려 73%, 서적 전체 매출액에서 만화가 차지하는 비중은 28%(『2006 출판지표연보』, 출판과학연구소, 일본)나 된다. 그럼에도 불구하고 만화 잡지의 원고료는 문예지보다 훨씬 낮고, 문예지 편집부에서 사용할 수 있는 예산 규모는 만화 편집부보다 훨씬 높은 것으로 나타났다. 그 예산은 대개 접대 등 불필요해 보이는 비용이 컸다고 여겨진다. 말하자면 만화에서 번 돈을 문예에 쓰는, 불공평한 상황이 존재했던 것이다.

한국의 상황에서 보면 일본의 출판사가 일본 사회에서 어떤 위치를 차지하고 있는지 정확하게 이해할 수 없는 경우가 많다. 일본도 물론 중소규모 출판사는 국내의 일반적인 회사와 크게 다를 바가 없지만, 대형 출판사는 이야기가 달라진다. 일본의 '메이저 출판사'는 국내 상황에 견주어 보자면 대기업에 해당한다고 볼 수 있다. 연봉도 다른 기업과 비교하여 상당히 높은 편이고, 소위 일류대학 출신들이 주로 입사한다. 일본의 출판사에서도 비정규직이 많기 때문에 단순히 구분하기는 어렵지만, 일류 대학을 졸업하고 메이저 출판사에 입사하면 일반 직장인보다 많은 연봉을 받을 수 있는 것이다. 일본 출판계에서는 인건비와 더불어 그다지 팔리지 않는 작가에 대한 고액의 원고료, 각 신문사 문학 담당 기자에 대한 호화 접대나 문예지 편집자 마음대로 홍보용으로 선정하는 문학상에 대한 문제점도 지적되고 있다.

문예지 활동 경험이 있는 만화가 도리 미키는 일본 주간 경제지 〈닛케이 비즈니스 온라인〉에서 문예지의 호화 접대에 대해 이런 발언을 하기도 했다. "옛날 방식의 문예 잡지 편집부와 일을 하다 보면 어째서 나 같은 레벨의 작가를 이렇게까지 우대해줄까 하고 당황하게 된다", "소설가는 일부를 제외하면 이미 그다지 출판사를 윤택하게 하지 못하고 있지 않은가."(2013. 9. 24) 오쓰카 에이지도 일본 대형 출판사의 불투명성을 지적하기도 했는데, 그런 고비용 구조가 실험적인 책을 내는 바탕이 되기도 하지만, 이와 같은 문제점을 낳기도 한다. 예를 들어 일본의 소규모 출판사가 발굴한 신인 작가를 메이저 출판사가 높은 원고료를 미끼로 스카우트해가는 행태도 비일비재하다. 스포츠 분야에서는 일부 부자 팀에 스타 선수가 편중되는 문제점을 보완하기 위한 방법을 다양하게 강구하고 있는데, 오쓰카 에이지가 말하듯 아직도 폐쇄적인 분위기의 일본 출판계에서는 그런 시도가 잘 보이지 않는다.

그 밖에 문학상을 둘러싼 문제점에 대한 지적도 끊이지 않는다. 단적으로 국내에서도 잘 알려진 일본 문학의 대표적인 상인 아쿠타가와 상에 대해 평론가 아즈마 히로키는 "아쿠타가와 상은 일본 문학의 최첨단과는 아무 관계도 없다", "원로 작가와 고령의 편집자의 기득권을 보호하기 위해 독자에겐 별로 재미있지도 않은 작품을 일본 문학의 최첨단으로 선전"한다는 비판을 가하기도 했다(아즈마 히로키의 트위터, 2012. 2. 21). 실제로 아쿠타가와 상 후보는 거의 고단샤의 〈군조〉, 신초샤 〈신초〉, 문예춘추 〈문학계〉, 슈에이샤 〈스바루〉, 가와데쇼보신샤 〈문예)라는 소위 '5대 문예지'에서만 뽑고 있다. 이 잡지 중 하나에 작품이 실리지 않으면 아쿠타가와 상 수상이 사실상 불가능하다는 일종의 카르텔인데, 아즈마 히로키는 그처럼 폐쇄적인 문학상이 일본 문학의 대표적인 상인 것처럼 매체에 의해 브랜드화된 현실에 대해 문제 제기를 한 것이다.

오쓰카 에이지는 일본 문단과 문학에 대한 대안을 제시하는 「불량채권으로서의 '문학'」을 기고한 직후인 2002년에 일본 최초 순문예 중심의 동인지 판매전인 '문학 프리마'를 창설했다. 문학 프리마는 새로운 방식으로 문학 활성화의 가능성을 시도해본 것이다. 일본 문단과 문예지에 대한 오쓰카 에이지와 몇몇 평론가들의 비판 지점은 이처럼 현실적이고 직접적인 상황에서 비롯된 것이라고 할 수 있다.

일본 출판 시스템의 변화

오쓰카 에이지의 비판이 호응만 받은 것은 아니었다. 오히려 공격을 받고 논쟁으로 비화된 경우도 많았다. 앞서 언급한 순문학 논쟁 같은 경우가 대표적이다. 하지만 일본 문예지가 만화 잡지의 높은 이익 덕분에 유지되는 것이라는 그의 비판은 분명 일리가 있다. 「불량채권으로서의 '문학'」에서 오쓰카는 "매상을 '문학'의 유일한 기준으로 받아들이라는 말이 아니다", "문제 삼고 있는 것은 기득권으로서의 문학", "문예지도 언제까지나 성역일 수만은 없다"고 말했다. 그러면서 지면에 직접 일본 문예지의 연간 적자액(약 7000만 엔, 즉 7억원이 넘는 적자가 매년 누적된다는 내용)을 계산해 실었다. 그런 고비용 구조는 과거에 실제로 문학이 잘 팔렸던 시기에서 유래된 것이라는 지적을 하며, 대안으로 문학 프리마외에 출판사의 비용 절감 방안, 작가의 직접 출판 등을 제시했다.

출판사의 비용 절감 방안의 하나로 제시한 '사내 창업'은 2003년에 고단샤 사내 공모로 등장한 문예지 〈파우스트〉와 2010년 고단샤의 100% 출자로 탄생한 자회사 세이카이샤를 통해 실현되었다. 또 작가의 직접 출판 아이디어는 최근에 킨들과 앱스토어 등 전자책 시장에 등장하기도 했다. 오쓰카 에이지의 아이디어와 주장이 결국 10년 정도 지나 출판 시장에 구현된 것이다.

지금 일본의 출판 시스템은 변화를 요구받고 있다. 일본 출판사의 수익 창출원이었던 만화, 특히 그 기반을 이루던 만화 잡지 시스템이 1980~90년대처럼 높은 발행부수를 유지하기 어려워졌다. 그로 인해 저작권자와 출판권자의 관계에도 변화가 일어나고 있다. 예컨대 2102년에 일본의 출판사가 전자책 시대를 맞이하여 인터넷상의 해적판을 이유로 미국처럼 저작권 일부를 출판사가 갖도록 하는 '저작인접권 보유' 의도를 드러내었다는 논란이 일기도 했었다. 이미 일본 전통의 편집자와 창작자의 2인 3각 체제, 그리고 출판사 직원인 편집자가 창작자의 매니저나 에이전트처럼 활동해온 출판 시스템의 붕괴는 시작되었다. 출판사 공모전을 통해 등단한 작가가 출판사의 지원 아래 편집자의 도움을 얻어 활동을 하며, 제대로 된 계약서도 없이 기존의 관성

대로 일을 진행해왔던 방식은 이제 큰 도전에 직면했다. 일본에서 미국식 에이전트 업체가 탄생하기도 하고, 작가들이 아마존 킨들 서비스를 이용하여 직접 출판에 나서기도 하며, 유료 메일 매거진 등 다양한 움직임이 일어나고 있다. 이런 상황에서 오쓰카 에이지의 일본 문단 비판과 대안은 충분히 참고해볼 가치가 있다고 생각한다.

| 찾아보기 |

국립중앙도서관 출판예정도서목록(CIP)

오쓰카 에이지 순문학의 죽음 · 오타쿠 · 스토리텔링을 말하다
지은이: 오쓰카 에이지, 선정우. ‒ 서울 : 북바이북, 2015
   p. ; cm

권말부록: 오쓰카 에이지는 누구인가
색인수록
ISBN 979-11-85400-09-9 03800 : ₩12000

일본 문화[日本文化]
문화 평론[文化評論]

331.5-KDC6
306.4-DDC23   CIP2015011166

오쓰카 에이지
순문학의 죽음 · 오타쿠 · 스토리텔링을 말하다

2015년 4월 20일 1판 1쇄 인쇄
2015년 4월 30일 1판 1쇄 발행

지은이   오쓰카 에이지 · 선정우
펴낸이   한기호
펴낸곳   북바이북
         출판등록 2009년 5월 12일 제313-2009-100호
         주소 121-839 서울시 마포구 서교동 484-1 삼성빌딩A동 2층
         전화 02-336-5675 팩스 02-337-5347
         이메일 kpm@kpm21.co.kr
         홈페이지 www.kpm21.co.kr

ISBN 979-11-85400-09-9 03800

북바이북은 한국출판마케팅연구소의 임프린트입니다.
책값은 뒤표지에 있습니다.